KB059808

고전 리뷰툰 2: SF편

유머와 드립이 난무하는
고전 리뷰툰2

키두니스트 글·그림

SF편

북바이북

차례

…과연 그럴까?

Chapter 1

Frankenstein:
Or the Modern Prometheus
공포라는 베일 속 비유
『프랑켄슈타인』

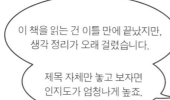

이 책을 읽는 건 이틀 만에 끝났지만,
생각 정리가 오래 걸렸습니다.

제목 자체만 놓고 보자면
인지도가 엄청나게 높죠.

대충 무서운 폰트.

Franken
stein!

작가 메리 셸리는 교양 있는
부모 아래서 문학소녀로 자랐
습니다.

Mary
Shelley

1797~
1851

교양은 교양이고 십 대 후반에
불륜을 저지르긴 하지만요.
불륜 상대는 당시 유명인이었
고, 장래 남편이 될 퍼시 셸리
였습니다.

아 원래 내가 하면
로맨스라고. ㅋㅋㅋ

메리는 주변의 반대를 무릅쓰고 퍼시와 여행을 떠납니다.
둘은 그렇게 유럽을 횡단하며 생소한 지역을 경험합니다.

둘 다 뭐 하는 연놈인가 싶고,
퍼시의 본처가 너무 불쌍하지만,
우린 지금 책 얘기를 하고 있으니
일단 넘어가겠습니다.

그들은 여행 중에 스위스 제네바 지역을
지납니다. 거기서 시인 바이런과 친해져
동행하죠. 예, 그 유명한 고든 바이런 맞
습니다.

조지 고든 바이런
영국의 시인.
퍼시 셸리와 함께 낭만주의
문학을 주도했다.

친목질도
대문호끼리
하는 거지!

그들은 여행을 즐기지만, 하루는 날씨가 우중충해 집 안에만 있었죠.

왠지 무서운 이야기 해야 할 것 같다.

〈크툴루의 부름〉 TRPG라도 할까요?

무서운 이야기 하나는 내 아내가 곧 자살할 거라는 거야.

그래서 할 일도 없으니 각자 무서운 이야기를 창작하기로 합니다. 요즘도 친구들끼리 여행 가면 할 법한 일이죠.

물론 그때 사람들은 괴담에 면역이 덜 된지라 무섭다고 해봤자 우리 입장에선 그냥 재밌기만 합니다. 해골 아가씨 이야기가 무서워 봤자 얼마나 무서울까요.

메리는 그날을 기점으로 미지의 생명체를 만든 과학자 이야기를 창작합니다.

MAD SCIEN-tist

그게 나중에 결국 책으로 출판되죠. 메리는 열여덟 살에 『프랑켄슈타인』을 써낸 겁니다.

물론 작가가 어린 여자라는 게 알려지며 처음엔 엄청나게 까였지만,

그야 19세기인걸!

작품 자체는 인기가 많았고, 나중에 재평가도 받습니다. 20세기에 들어서는 영화화도 몇 번이나 됐고요. 현대에는 최초의 SF 소설이자 매드 사이언티스트 문학의 시초로 평가받습니다.

광기 어린 과학자, 괴물을 만드는 과학자는 『프랑켄슈타인』 이전에는 없었습니다. 인간의 창조물로서 고뇌하는 생명체도 『프랑켄슈타인』의 괴물이 최초였고요.

허버트 웨스트 박사 같은 유명한 캐릭터도 결국 프랑켄슈타인의 후배입니다.

펑

앗!

게다가 작품 외적으로 여러 번 활용됐기 때문에 인지도가 압도적입니다.

2020년대에도 지나가는 사람 붙잡고 '프랑켄슈타인' 아느냐고 물어보면, 아마 열에 아홉은 안다고 하지 않을까요?

제대로 아는지는 차치하고 말이죠.

괴물이 프랑켄슈타인이지? 초록 옷 입은 애가 젤다지?

안타까운 점은 제목은 유명하지만, 원작을 제대로 읽은 사람이 많지 않다는 것입니다. 저도 최근까지 원작을 안 봤었고요.

괴물 외모도 이렇게 아는 사람이 많지 않을까요?

하지만 그래도 줄거리는 꽤 잘 알고 있었습니다. 한창 이토 준지를 '덕질'할 때 『프랑켄슈타인』 만화판을 먼저 봤거든요.

문제는 작가가 이토 준지라서, 그리고 원작을 못 보고 그걸 먼저 보는 바람에,

이 작가는 각색을 해도 너무 미묘하게 해서 분간이 안 가. 「인간 의자」도 결말만 더 시궁창처럼 바꿨고.

'프랑켄슈타인'이라는 제목만 따오고 내용은 창작인가?

창작이 아니면 어디까지가 원작이고, 어디까지가 각색이지?

뭔가 감이 안 잡혔습니다.

나중에 말씀드리겠지만 이토 준지는 거의 원작 그대로 그렸습니다. 다만 세세한 각색이 좀 있어요.

원래 이토 준지가 고전 문학에 각색을 살짝 가미해 그리고는 합니다. 『인간 실격』이나 「인간 의자」도 그렇게 그렸죠.

어쨌든 저는 그렇게 애매한 배경지식을 가지고 있었습니다. 그런 와중에 추천을 받았죠.

프랑켄슈타인 리뷰해줘요!

필력이 우주 최강임!

그거 그냥 괴물 나오는 공포 문학 아냐? 이렇게 필력을 칭찬할 정도로 깊은 내용이 있나?

만화판은 별로 인상적이지 않아서 죄다 까먹음.

이렇게 의아함을 느끼며 도서관에 갔습니다. 거기서 일단 1차로 놀랐습니다.

얇네!
필력이 엄청나다길래
빅토르 위고 책 같은
두께를 상상했는데…
300페이지 조금 넘잖아.

뭐, 얇으면 좋은 거지.

이 정도면 아무리
오래 걸려도 일주일이면 다 읽겠지.

이틀 뒤.

…

작가님…

이 작품을 열여덟 살에 쓰셨다고요?

사람이세요?

줄거리 소개에 앞서 세간에 퍼진 오해를 바로잡고자 합니다. 우선 제목인 '프랑켄슈타인'에 대해서 입니다. 프랑켄슈타인은 괴물 이름이 아니에요. 괴물은 이름이 없습니다. 그냥 괴물(크리처)이 라고만 나옵니다.

프랑켄슈타인은 이 괴물을 만든 창조자 이름입니다.

근데 괴물은 사실상 프랑켄슈타인 주니어이니까 틀린 말도 아니려나?

알아, 그거. 프랑켄슈타인 박사잖아.

박사 아닙니다. 석사도 아닙니다. 그냥 대학생이에요. 그냥 미스터 프랑켄슈타인입니다.

매드 사이언티스트인데 박사가 아니야?! 다들 대학원 가서 흑화하는 거 아니었어?

아마 매드 사이언티스트 이미지 +괴물을 창조하는 천재성 때문에 박사로 오해한 것 같은데… 그냥 대학생입니다. 학부생이 이런 짓을 했으니 엄청난 천재인 건 맞죠.

학부생 수준에서 그런 짓 할 만한 기술을 배울 수가 있습니까, 선생님?

작가가 갓 성인 돼서 대학도 안 가보고 썼다니까요?

두 번째 오해, 이건 공포를 노리는 무서운 내용이 아닙니다.

앞에서는 무서운 이야기 창작하며 썼다면서요?

물론 19세기 초반 사람들은 좀 무서워했을지도 모르겠는데요. 현대인이 보기에는 진짜 하나도 안 무섭습니다.

그냥 덜 자극적이어서 안 무섭다는 게 아니라, 애초에 작가가 원초적인 공포감을 노린 게 아닌 듯해요.

그보다는 인간과 다른 존재에 대한 편견, 편견이 낳은 넘을 수 없는 벽과 재앙, 이에 대한 끝없는 고뇌가 진짜 키워드라고 봅니다.

앞서 말했듯 이 책은 진짜 얇습니다. 하루에 다 읽을 수 있을 만큼 얇아요. 하지만 내용이나 함축한 메시지는 감히 말로 다 못 할 만큼 무겁습니다.
단 이틀이지만 읽으면서 힘들었어요. 어렵기 때문이 아니라…

프랑켄슈타인

읽다 보니 굉장히 불안하고 비참해져서 힘들었습니다. 괴물과 프랑켄슈타인 양쪽에 감정을 이입하다 보니 힘들 수밖에 없었어요. 이 점 때문에 얼른 읽고 끝내고 싶어서 후다닥 읽은 것도 있습니다. 물론 필력에 취해서 굉장히 즐기면서 읽었죠.

한 점 희망도 안 보여….

여러분, 확실히 말할 수 있습니다. 이 작가의 필력은 너무나, 너무나 훌륭해요. 사람 마음을 흔들고 절망을 안겨주는 필력입니다.

제가 글을 읽고 '취한다'라는 느낌을 받은 건 『롤리타』, 『파리의 노트르담』, 그리고 이 작품 정도인데요. 이 작품들의 공통점은 모두 만연체로 쓰였다는 거예요.

만연체는 양날의 검 같은 문체입니다. 문장과 표현이 길다 보니 어지간한 역량이 아니면 글이 지루해지기 쉽죠. 가독성도 떨어지기 쉽고요.

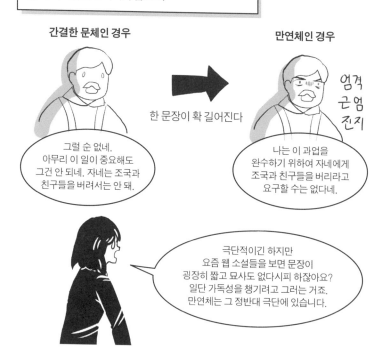

간결한 문체인 경우

만연체인 경우

엄격 근엄 진지

한 문장이 확 길어진다

그럴 순 없네. 아무리 이 일이 중요해도 그건 안 되네. 자네는 조국과 친구들을 버려서는 안 돼.

나는 이 과업을 완수하기 위하여 자네에게 조국과 친구들을 버리라고 요구할 수는 없다네.

극단적이긴 하지만 요즘 웹 소설들을 보면 문장이 굉장히 짧고 묘사도 없다시피 하잖아요? 일단 가독성을 챙기려고 그러는 거죠. 만연체는 그 정반대 극단에 있습니다.

그런데 이게, 잘만 쓴다면 독자에게 간결한 문장으로는 불가능한 깊은 감동을 주고, 압도적인 필력으로 후대에 두고두고 찬사를 받게 됩니다.

이번에 제가 느낀 게 그거예요. 미친 듯한 필력 덕분에 작품에 담긴 깊은 메시지를 오롯이 이해할 수 있었습니다. 줄거리는 복잡하지 않습니다. 간단히 말씀드릴게요.

의외로 이 소설은 편지 형식입니다. 심지어 맨 처음 화자가 프랑켄슈타인도 아니죠. 이야기는 북극 탐험을 하는 선장의 시점으로 시작합니다. 그는 몇 년째 위대한 모험을 위해 여행하는 중입니다.

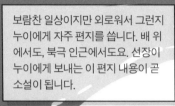

보람찬 일상이지만 외로워서 그런지 누이에게 자주 편지를 씁니다. 배 위에서도, 북극 인근에서요. 선장이 누이에게 보내는 이 편지 내용이 곧 소설이 됩니다.

그 편지 어떻게 받은 거야, 여보?

모험은 좋지만 몇 년째 만나는 거라곤 막일하는 뱃놈뿐이고, 학부생 때 괴물 하나쯤 만들 만큼 똑똑한 친구가 있으면 좋겠다. 징징.

놀라셨죠? 『프랑켄슈타인』 원작은 편지 형식입니다. 『키다리 아저씨』처럼요.

사랑하는 누이에게.
오늘은 이상한 걸 봤단다….

근데 사실 중간부터는 프랑켄슈타인 시점의 일인칭으로 서술되기에 마냥 편지라고 하기도 뭡니다.

사실 그냥 일인칭 소설인데 편지라고 우기는 수준.

더불어 선장의 '누이' 말인데요….
번역본에 따라 여동생이 되기도 하고 누나가 되기도 합니다.
원전에 그냥 'sister'라고 쓰여 있어서 그런 듯한데요. 제가 읽은 판본에는 여동생으로 되어 있으니 일단 그렇게 쓰겠습니다.

번역에 따라 뉘앙스가 완전히 달라지는데 말이죠.

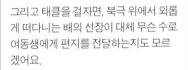

그리고 태클을 걸자면, 북극 위에서 외롭게 떠다니는 배의 선장이 대체 무슨 수로 여동생에게 편지를 전달하는지도 모르겠어요.

어, 음⋯
부엉이가 보내줬어요!

아니, 진짜 궁금해서 그래.
그 편지 어떻게 받은 거야?
당신 오빠는 편지를
어떻게 보낸 거고?

읽다 보면 대충,

옛날에는 통신 속도가 느렸지만,
편지만큼은 인간의 능력을 초월한
어떤 수단을 써서라도
전달해준 거 아닐까?

여기서 로스트 테크놀로지?
하고 별생각을 다 하게 됩니다.

어쨌든 이야기의 시작은요. 이 선장이 극지방 얼음 옆을 지나다 이상한 장면을 목격하는 겁니다. 평범한 개 썰매가 지나가는 것 같지만 그걸 탄 사람은 이상할 정도로 크고 기괴했습니다.

잘못 봤나 하고 고개를 갸웃하는데, 나중에 비슷한 개 썰매를 또 보게 되죠.

하지만 그 위에 타고 있는 건 평범한 사람이었습니다. 선장이 그를 구해주자 그는 북극으로 가는지를 묻고 배를 타고 동행하기로 하죠.

그는 탈진 상태이기는 했지만, 굉장히 지적이고 신사다웠습니다. 허구한 날 무식한 선원들만 보다가 이런 신사를 만나니 선장은 좀 심하게 좋아합니다. 마침 친구가 그리워서 여동생에게도 징징대던 참이었거든요.

대학물 먹은 사람이다!

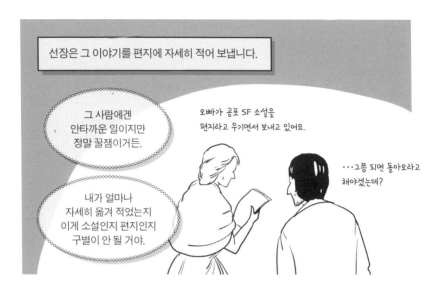

선장은 그 이야기를 편지에 자세히 적어 보냅니다.

그 사람에겐 안타까운 일이지만 정말 꿀잼이거든.

내가 얼마나 자세히 옮겨 적었는지 이게 소설인지 편지인지 구별이 안 될 거야.

오빠가 공포 SF 소설을 편지라고 우기면서 보내고 있어요.

···그쯤 되면 돌아오라고 해야겠는데?

이런 이유로, 이제부터 프랑켄슈타인의 일인칭 회고록이 시작되죠.

뭐 다 짐작하셨듯 저 인생 다 산 듯한 젊은이가 프랑켄슈타인 본인입니다.

아직 서른도 안 됐지만 비극을 너무 많이 겪어서 인생을 포기한 상태죠. 삶의 이유라 해봤자 자신의 창조물에 대한 복수심 뿐입니다. 그는 자신의 어린 시절부터 이야기를 시작합니다. 의외로 이 부분이 꽤 깁니다.

비율로 따지면 한 이 정도?

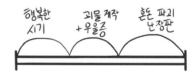

행복한 시기 / 괴물 제작 +우울증 / 혼돈 파괴 난장판

프랑켄슈타인의 가정 환경은 이상적이었습니다. 여유로운 중산층 가정에서 형제, 사촌과 함께 자랐죠. 부모님은 몇십 줄에 걸쳐 강조할 만큼 훌륭한 분들이셨습니다.

그냥 재밌어서 말씀드리는 건데, 이 부모님의 연애 과정도 살짝 나와요. 프랑켄슈타인의 어머니는 아버지 친구 딸이었습니다. 가난해진 집에서 고아가 된 친구 딸이 절망하니 아버지가 친구 된 도리로 거두어준 것이죠.

잠깐, 댁네 부모님 연애 사정까지는 안 궁금했는데.

괜찮아. 난 인내심 강한 19세기 영국인인걸. 다 들어줄 수 있어.

전 이쯤에서 장 발장과 코제트 이야기 상상하고,

아! 성인이 될 때까지 잘 키워준 다음 좋은 청년과 결혼시켜주겠지?

했는데,

그딴 거 없고 본인이 잡아먹어 버리더라고요. 이게 19세기식 순애입니다, 여러분.

친구 딸이지만 사랑만 있으면 상관없잖아?

이렇게 해서 부부가 된 다음, 자식을 술술 낳습니다. 맏이가 우리가 아는 프랑켄슈타인이 고 늦둥이 동생이 여럿 있죠. 동생들이 다들 어려서 약간 외로운 환경이었는데…

다행히 고모가 딸 하나를 남기고 죽으면서 그 애를 집에서 거두게 됩니다. 둘은 금세 좋은 친구가 되죠. 그 사촌누이가 곧 주인공의 반려자가 됩니다. 뭐, 19세기잖아요!

누이는 몇십 페이지에 걸쳐 강조할 만큼 이상적인 여성으로 자라죠. 온갖 좋은 말이 다 붙습니다. 현명하고, 온화하고, 아름답고, 그냥 좋은 형용사는 다 붙어요.
가만 보면, 작가가 고아 여자애 거둬서 민며느리 삼는 전개를 좋아하는 것 같습니다.

내가 〈심즈〉에서 하던 걸 얘네는 현실에서 하네.

아, 혹시나 해서 여쭙고 싶은데요.

혹시 저 둘이 사촌 간이라는 점이 막 충격적이고 거부감 드는 분 계십니까?

저는 사실 사촌 간 결혼에 별로 거부감이 없습니다. 물론 저보고 하라고 하면 당황하긴 할 텐데,

픽션에 나오면 진짜 아무렇지도 않아요.

사돈이 제 동생입니다. 정상인가요?

왜냐면 어릴 때부터 서양 고전 문학을 많이 봤는데, 거기서 이성의 사촌이 등장한다? 그러면 무조건 주인공의 약혼자라는 전개로 이어지거든요. 이건 클리셰를 넘어 '국룰'입니다. 한 20세기 초반 작품까지도 그래요.

사촌은 결혼 대상!

이 프랑켄슈타인도 마찬가지죠. 당시 유럽과 미국 문화권은 사촌 간 결혼에 대한 거부감이 없었나 봅니다. 아무튼 전 이런 걸 많이 보다 보니 심하게 익숙해지는 부작용이 발생했습니다.

母

아냐.

책에 나오는 대로 믿던
초딩 시절.

아무튼 이야기가 다른 데로 샜는데, 주인공 인생이 꼬인 시발점은 십 대 때 이상한 책들을 공부한 거였습니다. 연금술을 비롯한 고대 과학에 훅 빠져서 '덕질'을 좀 했거든요.

와… 쩐다.

원래부터 우수했던 프랑켄슈타인은 이때의 경험 때문에 이상한 로망에 휩싸입니다. 거기에 대학에서 제대로 현대 과학을 공부하자 그 시너지 효과가 일어났죠.

새로운 생명체를 창조하면 인류는 한 단계 더 도약하는 거야.

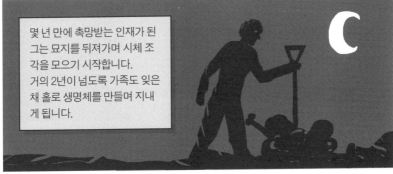

몇 년 만에 촉망받는 인재가 된 그는 묘지를 뒤져가며 시체 조각을 모으기 시작합니다. 거의 2년이 넘도록 가족도 잊은 채 홀로 생명체를 만들며 지내게 됩니다.

간신히 이성을 되찾은 건,

이미 그 생명체가 움직이기 시작한 후였죠.

프랑켄슈타인은 괴물을 만드는 와중에도 그 외모가 좀 그렇다는 사실은 알고 있었습니다.
근데 그게 살아 움직이기 시작하니 견딜 수 없었죠.

아…
이건 좀….

결국 비명을 지르며 도망갔고,
다시는 실험실에 오지 않았습니다.

그때부터 프랑켄슈타인은 엄청난 악몽과 우울증에 시달립니다. 본인 말에 따르면 그때부터 영혼이 더럽혀졌다고 하죠. 그는 인간이 손대선 안 되는 영역을 건드리고 세상에 괴물을 풀어놓은 겁니다.

아니, 이게 뭐야. 왜 반죽음이 된 거야, 빅터?

···

마침 대학에 와 있던 친구가 잘 간호해주지만 별 소용은 없습니다.

여담인데 프랑켄슈타인은 주변 환경만큼은 진짜 이상적이었어요. 이 친구도 엄청 좋은 사람입니다. 주인공에게 사심이 있나 싶을 만큼 헌신적이에요.

오, 친구여, 무슨 일인지는 몰라도 난 자네가 건강해진다면 그걸로 만족해.

고마워 헨리…!

그건 또 누구야? 난 프랑스계라서 앙리야.

하여튼 친구와 함께 가족들 이야기를 들으며 상태는 좀 나아집니다. 시간이 지나도 별 소식이 없으니 괴물 걱정도 덜해지죠.

짹짹

고향 내려가서
장가나 들까.

하지만 주인공의 불행은 이제부터 시작입니다.

고향에 있는 동생이
죽었다고?

범인은 친한 동네 아이였습니다. 정확히는 그렇게 판결이 내려지긴 했습니다. 하지만 프랑켄슈타인은 직감적으로 아니라는 걸 알죠.

그 괴물이 죽였어!
다 내 탓이야!
꼭 찾아서 복수해야겠다!

그때쯤엔 가족들도 아들놈 상태가 정상이 아니란 걸 알지만 속사정은 모릅니다. 하지만 일단 기분은 풀어줘야겠으니 다 같이 여행을 가는데요.

공교롭게도 그 여행지가 프랑켄슈타인과 괴물이 제대로 처음 만나는 장소가 됩니다.

거의 몇 년 만에 본 괴물은 여전히 흉측했습니다. 하지만 굉장히 지적이고 유창한 어조로 말합니다.

태어날 때부터 말을 알진 못했을 텐데…?

창조주여, 그대가 나를 혐오한다는 사실을 안다. 그러나 자비를 베풀어 내 말을 들어주었으면 한다.

괴물은 모습이 흉하긴 했지만,
결코 악한 생물은 아니었습니다.
오히려 순수하고 선한 편이었죠.

그러나 2년여간의 세월로 깨달
았습니다. 자신은 그 외모 때문
에 인간 사회에 절대로 받아들여
질 수 없다는 걸요.

괴물은 오랫동안 한 인간 가족을
엿보며 말과 글자를 익혔습니다.
처음엔 즐거움도 느꼈지만, 지식
을 알면 알수록 공허했습니다. 그
들이 나누는 애정을 자신은 체험
조차 할 수 없었기 때문입니다.

그 공허함은 처음으로 책을
주워 읽었을 때 폭발합니다.

그때 철저하게 깨달았다.
내게는 로테와 같은 연인도 없다.
나는 고대 로마의 그것과 같은
영웅이 될 수도 없다.
사탄도 악마들과 함께이거늘
내게는 동료조차 없다!

…

근데 진지하게 말하자면 프랑켄슈타인이 아무 재료나 갖다 쓰진 않았을 테니, 괴물의 뇌는 천재 학자의 것이거나 그랬겠죠. 좌우지간 너무나 지적이고 감수성 넘치는 괴물이었습니다.

부위별로 열심히 고른 결과가 불쾌한 골짜기라니….

사실 외모가 문제라는 말도 저는 좀 이해가 안 가는 게 책 속 묘사를 보면 인간의 두 배 정도 키에 혈관이 좀 비쳐 보이고, 눈은 희번덕거리고, 검고 긴 머리칼이 늘어져 있다고 하는데요.

원작 삽화에선 그냥 거인처럼 생겼고.

…제가 괴물 캐릭터에 익숙해서 그런가? 이 정도면 견딜 만할 것 같거든요?

아마 괴물이 21세기로 온다면 좀 낫지 않을까요? 공개된 자리에서 사정을 말하고 관객들 마음의 준비도 시킨 다음에 얼굴 보여주면 의외로 훈훈하게 해결될 것 같습니다.

이제 공개해도 될까요?

하는 김에 유튜브도 찍고요.

골드 버튼 감사합니다.

어쨌든 이런 경위를 듣자, 프랑켄슈타인은 괴물을 동정하게…

야 근데,

여기서 만화와 원작의
전개가 달라집니다.

Yes!

만화

No!

원작

이토 준지가 바로 이 부분을
각색했습니다. 만화판에서는
주인공이 부탁을 들어줍니다.

찜찜한 거 참고 괴물을
또 한 마리, 이번엔 암컷으로
만들어줍니다. 그런데…

아니, 갈수록 막말이야.
내가 무슨
포켓몬인 줄 알아.

괴물의 기대와는 달리
여자 괴물은 남편(?)의
추한 외모를 보곤 비명
을 지르며 거부하죠. 결
국 괴물은 자신의 짝에
게도 버림받은 겁니다.
괴물은 홧김에 그 여자
짝도 죽이고, 상황은 악
화 일로를 걷게 됩니다.

그래, 그냥 날 죽여라.
답이 없다 이건.

끼
에
엑

어쨌든 주인공의 행동을 보고서
괴물은 완전히 절망합니다.

그때부터 제대로 된
복수극이 시작되죠.

그 순간부터 괴물은 프랑켄슈타인의
모든 것을 빼앗기 시작합니다. 자신
을 세상에 태어나게 한 대가로, 모든
소중한 존재를 없애가는 거죠.

나의 친구 앙리,
사랑하는 사촌누이,
뒤이어 아버지까지…
모두 죽었구나, 모두….

이제 남은 건 절망과 복수심뿐입니다.
희망도, 친구나 동료도 없습니다.

창조자는 창조물을 죽이기 위해, 창조
물은 창조자의 마지막을 보고 죽음을
맞이하기 위해 추격전을 계속합니다.

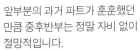

앞부분의 과거 파트가 훈훈했던
만큼 중후반부는 정말 자비 없이
절망적입니다.
반쯤 미쳐버려 과거를 곱씹는 프
랑켄슈타인, 그리고 스스로를 소
멸시키고자 그를 도발하는 괴물
의 모습이 몹시도 처절합니다.

간신히 잠든 날에는
꿈을 꿨다.
가족들과 행복했던
때의 꿈을…

자, 이쯤에서 질문 하나 드리고 싶은데요.

이 줄거리가 공포물로 보이시나요?

공포라는 감정은 이질감, 그리고 예측 불가능성에서 나옵니다. 그렇기에 공포물에 나오는 괴물 혹은 악역은 인간에게 이질적인 요소를 하나씩 달고 나옵니다. 정신을 붕괴시킬 만큼 혐오스럽거나, 인간미가 없거나, 재미로 남을 학대하는 등….

기본적으로 정체를 잘 모르겠고, 공감도 안 되는 것들이 공포물의 주역이 돼요. 당연하죠. 그래야 독자가 봤을 때 무서우니까요.

근데『프랑켄슈타인』의 괴물은 어떤가요? 얘가 무서우신가요?

괴물이 일인칭으로 자기 사정을 토로하는 시점에서 이미 공포물이라고 하기는 글렀습니다. 심지어 그 내용에서 인간미가 철철 흘러요.
인간 가족을 훔쳐보며 애정을 갈구하는 생물을,『젊은 베르테르의 슬픔』을 읽고서 친구를 바라는 생물을 왜 무서워하겠습니까.

심지어 초식 동물이에요.
사람을 먹는 것도 아니라고요.
먹이만 제때 주면 괜찮습니다!

막말하지 말라니까.

그냥 불쌍할 뿐입니다. 외모 하나 때문에 삶을 포기하는 모습이 안쓰럽고 불행해 보이죠. 오히려 그런 사정을 들으면서도 외모 때문에 혐오감을 느끼는 프랑켄슈타인이 독자 입장에서는 편협하게 느껴집니다.

얘기 들으니까 불쌍하다.
근데 징그럽다.
말도 끝내주게 잘한다.
근데 징그럽다.
뭔가 미안하고 공감된다.
근데 징그럽다.

무슨 이야기인지 아시겠나요?
이 괴물은 아무리 봐도…
재능과 인품을 갖추었음에도
편견 때문에 사회에서 도태된
사람을 나타낸 것입니다.

유일하게 괴물에게 호의를 보
인 사람은 '맹인'이었습니다. 보
이지 않는 상태에서 목소리만
들으니 괴물을 좋게 보았죠.
하지만 대다수의 사람들은 외
모 하나 때문에 괴물을 쫓아내
고 총까지 쏩니다. 괴물이 사람
목숨을 구해줬을 때마저도요.

괴물이 애를
죽이려고 한다!

물에 빠진 거 구했는데
이거 어떻게 할….

물론 그렇다 해도 프랑켄슈타인
의 가족을 해친 건 괴물의 잘못
이 맞아요. 마지막에 선장이 하
는 대사도 이걸 암시하고요.

그게 뭐!
네가 죽인 이 사람
가족들은 네게 아무런
해도 끼치지 않았어!
괜히 정당화하지 말라고!

다만 괴물의 일대기가 단순히 살인마의 이야기는 아니라는 거죠. 창조자인 프랑켄슈타인이 그를 끝까지 책임졌다면, 누군가가 그에게 애정을 줬다면 비극은 일어나지 않았을 겁니다.

이야기에서 좀 벗어나지만, 전 이 책 읽으면서 영화 〈조커〉가 생각났어요.

이 작품을 프랑켄슈타인의 입장에서 본다면 또 다른 메시지가 펼쳐집니다. 그는 인류의 진보를 위해 연구했습니다. 사람 자체만 보면 천재적이고 이타적이었죠.

하지만 진보의 방향이 좀 이상했던 데다 책임감도 부족했습니다. 결국, 그의 연구는 오히려 자신의 파멸을 불러왔습니다.

액셀만 죽어라 하고 밟은 결과.

파멸로 향하는 비참한 이야기지만 이 작품의 결론은 영영 현실에 안주하라는 것이 아닙니다. 자신의 일상을 소중히 여기되 모험을 향한 열정도 잃지 말라는 것이죠.

비록 프랑켄슈타인은 실패했지만, 새로운 누군가는 올바른 성공을 해낼 수 있으니까요. 설령 또 다른 괴물이 생기더라도 모두가 구원받는 길이 열릴 수 있으니까요.

그런 말을 남기며 프랑켄슈타인은 숨을 거두고, 괴물은 그의 마지막을 지켜본 후 스스로 파멸을 맞고자 떠나갑니다.

『프랑켄슈타인』은 최초의 SF 소설이기도 하지만 일종의 개인주의 소설로도 볼 수 있습니다. 주인공 프랑켄슈타인은 주변인들이 하나씩 죽어갈 때 처음에는 공권력에 의지하려고 합니다.

제가 만든 괴물이 가족을 죽였어요! 수사망 동원해서 사살해주세요!

하지만 경찰이 자기 말을 진지하게 믿지 않자 분노하고, 최후에는 스스로 복수하기로 다짐하죠. 오로지 자신의 힘으로 괴물에 맞서는 겁니다.

젠장! 그래. 나라도 안 믿겠다! 근데 CCTV도 없고 사진기는 제대로 발명도 안 됐고!

진지한 와중에 단점 아닌 단점을 얘기하자면요.

작가가 너무 어릴 때 써서 약간 어설픈 부분이 있어요.

학부생이 괴물을 만들고, 북극 한가운데서 편지를 보내고.

근데 돌이켜보면 편지 부분은… 그동안 쓴 편지를 배에 보관했다가 돌아와서 누이에게 보여줄 심산일지도 모르죠. 19세기 뱃사람 감성으로다가.

앉아서 들어봐.

이 이야기는 전부 사실이었어….

그리고 단점이라기보다는 약간 머리 아픈 부분이 있는데요. 액자 속 액자 속 액자 속 이야기가 계속 나옵니다. 『아라비안나이트』가 이런 느낌이라던데, 읽다 보면 원래 뭘 읽고 있었는지 헷갈릴 지경이에요.

선장의 편지

프랑켄슈타인이 말하는 본인 이야기

괴물이 말하는 본인 이야기

괴물이 본 어느 가정집 이야기

아이고, 아무튼…
이 짧은 소설에 할 이야기가
이렇게나 많습니다.

하나만 더 말하자면, 이 책 저자는 영국인이지만 제네바 여행 중에 쓴 거라 그런지 작중 배경은 스위스의 아름다운 지방입니다. 그대로 스위스 관광 홍보에 써도 될 정도로 웅장하고 아름다운 자연이 등장합니다.

지금도 스위스 제네바에 가면 『프랑켄슈타인』의 괴물 동상이 남아 있습니다.
동상 앞을 지나는 사람 대부분은 괴물을 그저 무서운 괴생명체로만 생각하겠죠.

혹시 이 비싼 나라를 여행할 일이 생기면…

괴물 손이라도 한번 잡아줍시다. 그의 깊은 슬픔을 떠올리며 말이죠.

나는 자네더러 위대한 과업을 완수하고자 고국과 친구들을 포기하라고 요구할 수는 없네. 자네가 잉글랜드로 돌아간다면 그 괴물을 만날 가능성은 거의 없을 걸세. 하지만 이러한 것들을 가슴속 깊이 숙고하는 문제와 자네의 신성한 의무 사이의 균형을 찾는 문제는 자네 스스로에게 맡기겠네.

잘 가게, 선장. 야망은 피하고 평온한 일상에서 행복을 찾게. 그 야망이 언뜻 보기에 순수하여 자네에게 크나큰 명성을 안겨줄 것만 같아도 말일세.

…한데 내가 어째서 이런 말을 하는 거지? 나 자신은 그런 기대감으로 파멸을 자초했지만 다른 이는 성공할지도 모르는 일인데.

_프랑켄슈타인의 유언 중에서

Behind Story

이상, 지금까지 그린 리뷰툰 중에 가장 잘 뽑혔다고 자부하는 『프랑켄슈타인』 편이었습니다. 리뷰를 끝낸 뒤에는 앞으로 이 정도의 퀄리티를 뽑을 수 없을 것 같아 불안에 떨었었죠. 이런 걸 보면 잘 뽑혔다고 마냥 좋아할 일도 아닙니다.

여담이지만, 작품을 읽다 보면 작가의 성별에 따른 표현 차이가 조금씩 보이는데요. 『프랑켄슈타인』은 여성 작가 특유의 휘몰아치는 감정 표현을 극대화한 작품이라고 생각합니다. 이런 표현은 특히 피폐한 분위기의 장르문학에서 빛을 발하죠.

사실 저는 2018년 초에 유럽 여행을 하며 스위스에 방문했습니다. 다만 그때는 아직 문학에 빠지기 전이었죠. 당시에는 인터라켄과 루체른에만 들렀지만, 혹여나 나중에 다시 간다면 괴물 동상을 보러 제네바에 가고 싶습니다.

그러고 보니 괴물이 현대로 이동해서 산다면 그대로 스위스에 살 가능성이 높은데, 그 동네 물가 감당하려면 힘깨나 들겠군요. 왠지 괴물이 유튜버로 활약하며 이 부분에 대해 '썰'을 푸는 모습이 상상됩니다.

무엇보다,

나의 목숨이 다하는 날까지
이 깊은 바다를 탐험하는 것에!

Chapter 2

Vingt mille lieues sous les mers

웅장한 잠수함이 선사하는 지적 모험

『해저 2만 리』

『15소년 표류기』? 재밌죠.
초등학생 때 잘 봤어요.
급식 먹을 나이의 애들이
심하게 어른스러운 데다 갑자기
자기네끼리 대통령 뽑는 건
당최 이해가 안 갔지만요.

『80일간의 세계일주』?
이것도 초등학생 때 잘 봤어요.
영화로도요.

아, 이건 진짜 재밌지 않나요?
포드 씨랑 파스파르투, 이 둘의
캐릭터가 너무 매력적이었는데.
언제 다시 한번 제대로 읽고 싶네요.

『해저 2만 리』?
이것도 초등학생 때 보긴 했는데
완독은 못 했어요. 조금 길기도 하고,
극락조 사냥하는 부분에서
극락조가 불쌍해서 더 못 봤죠.
하지만 네모 선장의 캐릭터나
음식 묘사는 아직까지도 생생하네요.

예? 다 같은 작가
작품이라고요?

...

왜죠? 한 사람이
저 작품들을 다 썼다고요?

밸런스 상태가?

하지만 유감스럽게도 사실입니다, 여러분. 지금까지 말한 명작이 전부 천재 한 명의 손에서 탄생했습니다. 바로 쥘 베른입니다.

밸런스 싹 다 무시하고 온갖 명작가가 탄생한 19세기 프랑스의 일원이죠.

나는 생전에 알렉상드르 뒤마 부자를 만났었고, 동시대에 플로베르가 『마담 보바리』를 썼지. 당시에 플로베르를 스승으로 삼은 모파상도 있었지. 빅토르 위고 역시 활약하고 있었어. 아, 알퐁스 도데도 있지 참.

불문학 어벤저스 미쳤는데요.

모험 소설로도 유명하지만, 쥘 베른의 가장 큰 업적은

바로 이 세상에 SF를 가져다주었다는 점일 것입니다.

최초의 SF 소설은 『프랑켄슈타인』으로 여겨지지만, 쥘 베른은 더욱 본격적으로 과학적 소재를 활용했습니다. 그의 지적 상상력과 재치는 당시 유럽과 미국의 온갖 독자를 행복하게 만들었습니다.

무엇보다 대단한 점은 19세기 중후반에 지극히 현대적인 SF 모험 클리셰를 정립했다는 것입니다. 덕분에 그의 작품이 주는 즐거움은 현대에도 이어지고 있습니다.

우리는 모두 베르니안!*

19C

21C

＊베르니안: 쥘 베른 마니아.

〈백 투 더 퓨처 3〉를 보면 1885년 미국으로 떨어진 브라운 박사와 19세기 현지 여성이 쥘 베른 마니아로서 친해지는 과정이 나오죠. 시대를 초월한 오타쿠적 교감이 참 훈훈하기 그지없습니다. 저는 이 영화 덕분에 쥘 베른의 활약 시기를 절대 안 까먹고 있습니다.

저는 어린 시절부터 쥘 베른 소설에 푹 빠졌죠!

?? 10년 전에 출간됐는데요?

이런 작가이니 이 책에 그의 작품을 싣는 것이 당연한 예의이겠지요.

원래는 좀 더 일찍 집필된 다른 작품을 먼저 리뷰해야 하지만…

제가 지금 소개하려는 건 『해저 2만 리』입니다! 제가 어릴 때 읽다 만 작품이자 얼마 전 정말 즐겁게 재독한 작품이기 때문이죠.

Vingt mille lieues
sous les mers
= 해저 2만 "리"

실제로 주인공들이 여행한 거리는 20만 리는 될 텐데, 오역된 제목이 너무 유명해졌죠.

앞에서 살짝 말씀드렸다시피 쥘 베른은 제게 소중한 추억 속 작가입니다.

본격적인 리뷰로 들어가기 전에 잠시…

판본 자랑을 하겠습니다.

무슨 책이 그렇게 크니?

『해저 2만 리』요.

어릴 때 본 건 축약본이었지만 『해저 2만 리』는 원래 500페이지가 거뜬히 넘는 작품입니다. 얇지 않아요.

??? 옛날에 산 그건 뭐였지?

그리고 저는 이왕 사는 거 좋은 판본을 사고 싶어서 굉장한 사치를 부렸습니다. 무려 '아셰트 클래식' 시리즈를 사버린 겁니다. 작품을 보충 설명해주는 온갖 삽화가 들어가 있죠. 가격도 3만 원을 가볍게 넘습니다. 사면서 손이 덜덜 떨렸습니다.

해저 2만 리

Vingt mille lieues sous les mers

내가 대체 무슨 부귀영화를 누리겠다고….

하지만 해양 생물 묘사에 진심인
이 작품에는 알맞은 선택이었던
것 같습니다.

와 돈값 하는데?

꼭 이걸 사라는 뜻은
아닙니다. 판형이 미친 듯이 커서
휴대도 불가능해요.
비싸기까지 하고요.

하지만 적절하고 풍부한
삽화가 생각 이상으로
도움이 됐습니다.
다른 작품이면 이런 말을
안 했을지도 모르지만….

하지만! 다시 강조하건대!
이 소설은 해양 생물 묘사에
진심이기에!

어떻게 진심인지는 지금부터 소개할 줄거리를 통해 아실 수 있습니다.
의외로 줄거리가 단조롭기 때문에 캐릭터 설명 위주로 말씀드리겠습니다.

내용은 전 세계에 퍼진 큰 선박들이 의문의 피해를 입는 것으로 시작합니다. 철로 된 선박에 구멍이 뻥 뚫리는 등 도무지 이해하기 힘든 피해였죠.

호주 근처에서!

이번엔 태평양에서!

더 큰 문제는 피해 지역이 말도 안 되게 광범위하고…

100미터도 넘었어요!

1킬로미터도 넘었어요!

또 가해 생물에 대한 목격담이 가지각색이었다는 것입니다.

사람들은 그것을 거대한 고래나 바다 괴물의 소행이라고 생각합니다. 곧 유럽에는 괴물에 대한 온갖 괴담이 퍼졌습니다.

소재 제공 개꿀!

결국 용감한 사람들이 만반의 준비를 하고 괴물 고래 사냥에 나섰죠. 매우 크고 튼튼한 배에 최신 장비도 싣고 유능한 작살잡이까지 데려왔으니 다 잘 될 것 같았습니다. 그 배에 탄 게 바로,

에이브러햄 링컨호 원정에 참여하세요! 바다 괴물 연구 가능! 원한다면 프랑스 대표로 태워드립니다.

서술자이자 주인공인 아로낙스 박사와,

나는 한동안 외국에 있었기에 고향 프랑스로 돌아가고픈 마음도 굴뚝같지만…

초대장

이 세 명은 단지 모험심, 탐구심 때문에 한배를 탔지만, 우연에 휩쓸려 『해저 2만 리』의 주요 인물이 됩니다.

하지만 고래가 그런 식으로 배에 상처를 냈다는 소리는 처음 듣습니다.

고래잡이 전문가인 제가 따라오긴 했지만 고래의 짓은 아닐 거예요. 목선이나 그런 거겠죠.

아닐세, 네드. 나는 학자로서 거대한 고래에 대한 희망을 버리지 않았어.

콩세유는 주인님을 지지해요.

이들에게서 쥘 베른 작품 특유의 매력 넘치는 캐릭터성이 드러나죠. 여기에 더해 『80일간의 세계일주』에서도 보였던 주인과 하인의 '케미'가 두드러집니다.

이런 식의 상하 구도는 19세기 작품에서 제법 흔했습니다. 한 인물이 하인으로서 다른 주인공의 부속 캐릭터가 되는 건 현대에는 경악할 일이지만 이 당시에는 대중적인 기법이었어요.

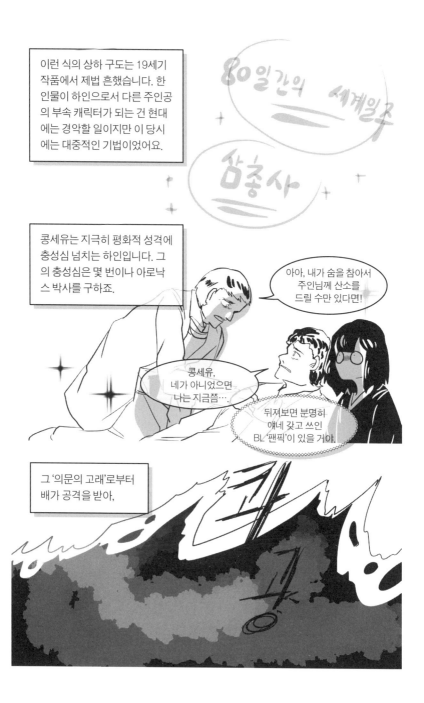

콩세유는 지극히 평화적 성격에 충성심 넘치는 하인입니다. 그의 충성심은 몇 번이나 아로낙스 박사를 구하죠.

아아, 내가 숨을 참아서 주인님께 산소를 드릴 수만 있다면!

콩세유, 네가 아니었으면 나는 지금쯤…

뒤져보면 분명히 얘네 갖고 쓰인 BL '팬픽'이 있을 거야.

그 '의문의 고래'로부터 배가 공격을 받아,

일행이 죄다 바다에 떨어지고 배가 무용지물이 됐을 때도 말이죠.

뭐야! 저거 고래 아닌 것 같아!

제 작살이 그냥 튕겨 나갔는데요?

철로 만들어졌나?

이들은 19세기 모험가다운 체력으로 몇 시간 동안 바다에서 헤엄친 끝에…

간신히 그 '괴물' 내부에 들어옵니다.

피지컬 출중한 실전파 교수님이라 사셨습니다.

빼빼 마른 너드 스타일이셨으면 진작에 꼬르륵 엔딩이었습니다.

하악

하악

난 육지를 등지고
바닷속에서만
살아가는 몸이오.

근데 당신들은
멋대로 내 집을
공격하려 들었지.

살려주는 것만도
다행으로 아시오.
나는 문명 세계의 예절 따위
이미 쌈 싸 먹은 몸이니까.

노틸러스호의 존재를 알게 된 이상,
당신들을 돌려보낼 수 없소.
그래도 이 안에서 승객으로서
살아가는 건 허가해주지.

당신들은 이제부터 두 번 다시
육지로 돌아갈 수 없을 거요.

오로지 나와, 그리고 내 선원들과 해저를 탐험하며 지내게 될 거요.
콩세유는 주인님 따라갈게요.
…괜찮은데?
괜찮긴 개뿔! 돌려보내줘!
그들이 한배에 모이게 된 배경은 이렇습니다.

쥘 베른의 진심이 100퍼센트 담긴 해저 생물 '덕질'을 즐기시면 됩니다!

파랑쥐치가 이렇게나 많이!

유악류, 복어목, 쥐치복과, 파랑쥐치속!

후후… 이제 아셨습니까. 내 잠수함의 진정한 힘을?

저렇게 엄청난 아종들은 처음 봐!

생물, 특히 물고기류에 관심이 많은 분들은 즐거울 수밖에 없습니다. 엄청난 밀도의 간접 모험을 경험하게 될 테니까요. 노틸러스호는 번개 같은 속도로 대서양, 극지방을 드나들고,

그 속에서 주인공 일행은 일생에 돈 주고도 못 할 특별한 포로 생활을 하게 됩니다.

이번에는 제가 작품 특징까지 뭉뚱그려 말해버렸습니다.

한데 묘하게도 『해저 2만 리』는 그 자체가 '뭉뚱그리는' 작품입니다.

뚜렷한 기승전결이 있다기보다는 신나게 노틸러스호를 타고 모험하며 독자를 간접 여행시키는 구조이고,

실질적 주인공인 네모 선장 또한 '뭉뚱그려지는' 인물입니다. 이 인물은 처음부터 끝까지 수수께끼에 싸여 있습니다. 진짜 이름이 무엇인지도, 과거에 어떤 슬픔을 겪었는지도 명확히 묘사되지 않습니다.

다만 외국의 배에 폭발하듯 분노를
퍼붓거나 가족(추정)의 초상화를
감싸 안는 모습에서 '뭔가 심한 일
을 당했구나' 하고 짐작할 뿐이죠.

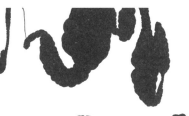

그는 이런 비밀스러운 설정, 특유의
카리스마, 신랄한 태도로 대체 불가
능한 매력을 보여줍니다. 실제로 네
모 선장은 쥘 베른이 창조한 최고의
캐릭터로 꼽힙니다.

작품에 맞춰서 나머지 분석과
마무리도 이대로 뭉뚱그려보
겠습니다. 사실 저는 『해저 2만
리』를 너무 어릴 때 읽었기 때
문에 이게 프랑스 소설인 줄도
몰랐습니다.

근데 커서 보니 쥘 베른의 문체가
비교적 차분해서 확실히
프랑스 소설 티가 덜 나더라고요.
도입부만 보면 사람에 따라
미국, 영국의 모험 소설로
착각할 수도 있습니다.

다만 아예 티가 안 나는 건 아닙니다. 읽다 보면 중간중간 분위기가 고조되어 인물끼리 대화를 잘 주고받거나, 요리 묘사에 진심인 부분이 눈에 뜨입니다. 이렇게 통통 튀는 요소는 불문학에서 많이 등장하죠.

거북 고기로 만든 요리입니다. 소고기랑 맛이 비슷하죠? 말미잘 잼입니다. 과일로 만든 잼에 뒤지지 않죠?

와 신기하네요. 맛있기도 하고…

읽고 있으면 해산물 요리가 당기는 기적.

참고로 저는 이걸 완독한 바로 다음 날 조개구이집에 갔습니다.

초반부의 요리 설명은 네모 선장이 하지만, 삼인방 중 요리 담당은 네드입니다. 단순 무식한 작살잡이 같지만 온갖 요리에 정통한 데다, 쌀쌀맞아 보이지만 은근히 따뜻한 면도 있습니다. 독자분들도 읽다가 한 번쯤 네드가 귀엽다고 생각하지 않으실까요?

간만에 육지 들러서 사냥하고 왔습니다. 캥거루 파이 만들어드릴게요.

고맙네 네드! 내가 질식사할 뻔했을 때 산소통을 준 것도 그렇고, 자넨 너무 착해!

후, 흥! 뭡니까? 민망하니 그만하십쇼!

다만 천성이 자유로운 데다 육고기를 좋아하기에 노틸러스호 생활에 가장 빨리 진저리를 냅니다.

난 너네처럼 학자가 아니라 그냥 어부라고! 물고기 덕질만 하면서 평생 잠수함에서 살 순 없다고!

저는 『해저 2만 리』가 문체는 비교적 차분하지만, 그 속은 열정으로 가득 찬 작품이라고 생각합니다. 생기발랄하고 '덕질' 욕구를 자극하는 캐릭터에,

근데 리뷰하다 보니까 이거 거의 코넌 도일 작품급으로 캐릭터 간 '케미'가 터지네요.

어릴 땐 이런 느낌 아니었는데 뭐지.

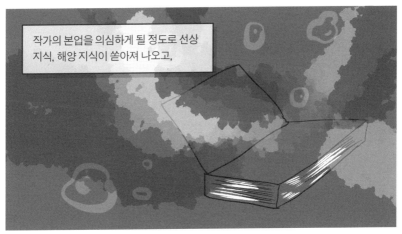

작가의 본업을 의심하게 될 정도로 선상 지식, 해양 지식이 쏟아져 나오고,

서사의 파도는 유머가 넘쳐 높이 올라갈 때도 있지만,

반대로 가장 절망적이고 가라앉은 순간이 오기도 합니다.

쥘 베른이 사랑받는 이유를 여기서 알 수 있죠. 시대를 앞선 발상과 그걸 포장하는 풍부한 서술. 이것은 SF의 매력을 너무도 솔직하게 보여줍니다.

물론 19세기 중반에 나온 작품이기에 현대와 다소 괴리감이 드는 부분도 있습니다. 수시로 성경 구절을 인용해 비유하는 점이나 주인공들 이외의 선원들에 대한 언급이 이상할 정도로 적다는 점이 그렇죠.

"'너는 바닷속 깊은 곳을 거닐어본 적이 있느냐?'라는 구약 질문에 나는 대답할 수 있다…."

"토마처럼 의심이 많은 사람…."

또한, 사람에 따라서는 결말이 다소 허무하게 느껴질 수도 있습니다.

저는 결말 괜찮았어요. 근데 좀 더 길고 강렬하게 묘사했다면 더 좋았을 것 같습니다.

하지만 이건 말 그대로 주의점일 뿐이고요. 본인이 바다에 참 관심이 없거나 이런 게 아니라면 재미는 걱정하지 않으셔도 됩니다. 또한『해저 2만 리』에 나온 '노틸러스'는 오늘날에도 잠수함 이름으로 애용되고 있죠.

노틸러스라는 단어는 본래 앵무조개라는 뜻입니다!

또 하나의 장점은, 불문학에서 종종 보이는 과도한 프랑스 찬양이 눈에 띄지 않는다는 것입니다. 저는 혹여나 네모 선장의 정체가 광기 어린 프랑스 애국자이고, 그가 침몰시킨 함대가 영국 건가 싶어서 불안했는데 다행히 아니더라고요.

너네가 평소에 하도 자화자찬하니까 그렇잖아!

자, 여기까지 실컷 떠들었는데요. 쥘 베른은 명색이 SF의 시조인 만큼 작품 하나만 리뷰하기는 아까우니…

대표작 하나만 더 봅시다! 잠시 후에 뵙겠습니다!

Behind Story

애석하게도 『해저 2만 리』 속 모험은 현대에도 똑같이 실행하기 어렵습니다. 대다수의 잠수함이 지금도 좁고 열악한 환경이기 때문입니다. 작품 속 노틸러스호처럼 호화로운 잠수함은 없다시피 하죠.

기술이 더 발달하면 호화 열차 여행이나 호화 여객선 여행처럼 호화 잠수함 여행도 나올 수 있겠죠? 그러면 『오리엔트 특급 살인』처럼 잠수함에서 살인 사건이 일어나는 추리소설도 나오고 그러겠죠?

이곳은 인간이 자유로이
모험할 수 있는…

경이 그 자체인
꿈이니까!

Chapter 3

Voyage au centre de la Terre

깊이, 더 깊이 파고드는 진실한 열정

『지구 속 여행』

1864년에 나온 이 소설은 『해저 2만 리』와 마찬가지로 인간이 가기 힘든 곳을 모험하는 내용입니다. 다른 점이 있다면…

이 소설 속 모험은 결코 실현될 수 없다는 것이겠죠.

한때는 지구공동설이라는 가설이 있었습니다. 지구 속이 공갈빵처럼 비어 있고, 그 안에 새로운 생태계가 조성되어 있다는 가설이었죠. 여기서 영감을 얻은 쥘 베른은 그야말로 모험 소설의 정석 같은 구도로 작품을 써냅니다.

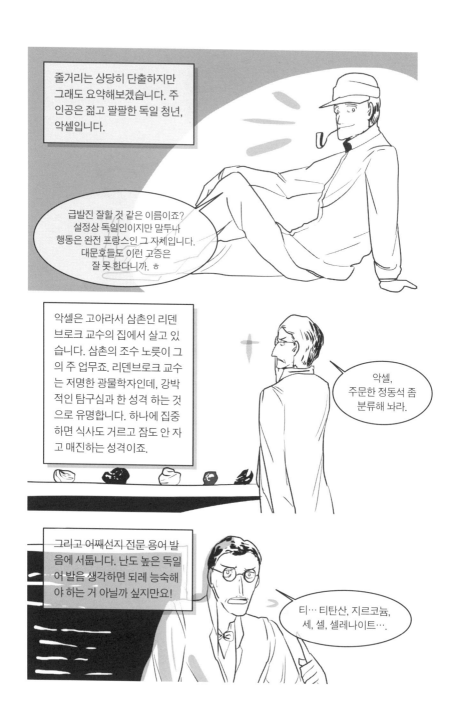

줄거리는 상당히 단출하지만 그래도 요약해보겠습니다. 주인공은 젊고 팔팔한 독일 청년, 악셀입니다.

급발진 잘할 것 같은 이름이죠? 설정상 독일인이지만 말투나 행동은 완전 프랑스인 그 자체입니다. 대문호들도 이런 고증은 잘 못 한다니까. ㅎ

악셀은 고아라서 삼촌인 리덴브로크 교수의 집에서 살고 있습니다. 삼촌의 조수 노릇이 그의 주 업무죠. 리덴브로크 교수는 저명한 광물학자인데, 강박적인 탐구심과 한 성격 하는 것으로 유명합니다. 하나에 집중하면 식사도 거르고 잠도 안 자고 매진하는 성격이죠.

악셀, 주문한 정동석 좀 분류해 놔라.

그리고 어째선지 전문 용어 발음에 서툽니다. 난도 높은 독일어 발음 생각하면 되레 능숙해야 하는 거 아닐까 싶지만요!

티… 티탄산, 지르코늄, 세, 셀, 셀레나이트….

까칠한 삼촌 아래서 악셀은 나름 행복하게 지냅니다. 리덴브로크가 차가워 보이지만 조카에게는 잘해 주기도 하고, 또 하나는…

열일곱 살 난 귀여운 약혼녀 그라우벤과 함께 일했기 때문이죠. 둘은 서로를, 쥘 베른 말마따나 독일인답게 사랑하며 지냅니다.

나의 귀여운 그라우벤! 그 돌멩이 만지듯 나도 쓰다듬어줘!

어머머.

그러던 어느 날,

조카 놈아,

이렇게 해서 리덴브로크 교수와 악셀은 삭막한 얼음의 땅, 아이슬란드로 머나먼 여정을 떠납니다.

중간에 틈이 났으니 높은 곳에 익숙해져볼까?

꺄아악!

아이슬란드는 14세기부터 1944년까지 덴마크의 식민지였으므로 덴마크 영사관을 거치게 되죠.

그리고 지금과는 사뭇 다른, 가난하고 고달픈 곳이었던 아이슬란드에서…

이렇게 하여 비로소 지구 아래로 향하는 길고 긴 여정이 시작된 것입니다.

소재가 소재이니만큼 이 책을 읽다 보면 박물학에 대한 엄청나게 많은 잡지식을 접하게 됩니다.

글도 잘 쓰고, 생물학에 지질학까지 못하는 게 없어!

그러나 이 모든 지식은 단지 연료일 뿐입니다. 세상에서 가장 용기 있는 모험을 위한 연료죠.

밧줄을 내리고 또 내리면서 밑으로 내려간 그들은 경이로운 광경을 맞이합니다. 암석의 성질이나 상태를 통해 과거의 흔적을 발견하기도 하고, 그 과정에서 거의 죽을 뻔하기도 합니다.

동료들과 떨어졌다가 소리의 울림으로 간신히 재회하기도 하죠.

까아악, 전 이 안에서 혼자 죽고 말 거예요, 삼촌!

진정해 악셀! 내 목소리가 전달되는 속도로 보아 우리는 7킬로미터 거리에 있어!

그 고생 끝에 그들이 마주한 것은…

우리 발밑에 존재했던 또 다른 세상,

서로에 대한 유대감,

그리고 스스로도 놀랄 만큼 이 여정을 즐기게 된 악셀 자신이었습니다.

사실 스토리 요약을 하면서 중요한 특징은 거의 다 말씀드렸다고 생각해요. 만화에 뒤처지지 않는 톡톡 튀는 캐릭터, 현대에도 통하는 발랄한 유머는 독자들을 즐겁게 해줍니다. 아마 『지구 속 여행』은 다른 어떤 소설보다도 '즐거움'이라는 단어가 어울리는 책일 것입니다.

즐거움은 밝음에서 나오고 순수함에서 나옵니다. 쥘 베른의 가장 큰 강점은 이 순수함이라고 감히 생각합니다.

그가 펼치는 경이로운 모험에는 난해한 사상도, 일반인이 이해할 수 없는 철학적 주장도 없습니다. 독자는 매력적인 캐릭터와 함께 매력적인 장소를 여행합니다. 그리고 그 속에서 함께 울고 웃습니다.

그렇습니다. 여행입니다.

저는 책벌레로서 평소에도 독서가 여행과 닮았다고 생각해 왔습니다. 하지만 지금까지 읽은 책 중 쥘 베른 작품만큼 철저하게 독자와 함께 거니는 책은 없었습니다.

우리는 모두 현실을 살아가야 합니다. 언제나 생업에 매달려야 하고, 잡다한 현실을 신경 써야 하죠. 여러분도 그렇고 저도 그렇습니다.

하지만 쥘 베른의 책을 펼칠 때 우리는 꿈을 꿉니다. 육지를 등진 괴짜 선장에게 이끌려,

기이한 돌멩이를 사랑하는 교수에게 이끌려,

도박을 좋아하는 부자 신사에게 이끌려,

인생에 다시없을 여정을 떠나는 꿈을요.

리덴브로크 교수와 악셀, 한스는 지각 아래 어두운 곳을 거닐며 감탄합니다. 잊힌 풍경을 발견하고 관광객처럼 기뻐하죠. 독자들은 바로 이 모습을 책 밖에서 구경하는 겁니다.

지구의 내장을 두 번째로 관광하는 기분이란!

첫 번째는 누군데요?

당연히 암호를 남긴 아르네 사크누셈이지!

그 속에는 죽음의 위기도 있고, 타오르는 동료애도 있으며, 잊지 못할 풍경도 있습니다.

그 모든 모험 끝에는 행복한 결말이 기다립니다. 다른 것이 필요할까요? 이 이상의 것이 꼭 필요할까요?

『해저 2만 리』만 읽었을 때 저는 쥘 베른을 단순히 재미난 캐릭터성, 흥미진진한 서사를 잘 챙기는 작가라고만 생각했습니다. 하지만 지금은 그 이상의 생각이 듭니다.

쥘 베른 어때요?

음…

그의 작품은 픽션이 지녀야 할 미덕을 너무도 순수하게 보여줍니다. 독자가 원하는 모든 것을 가장 명랑한 방식으로 풍요롭게 보여줍니다.

그렇기에 저는 쥘 베른을 사랑합니다. 그의 솔직한 매력을, 거침없는 열정의 서사를 사랑합니다.

이걸로 충분하다고 생각하거든요.

물론 주의점도 있습니다. 아무래도 이 책 자체가 너무 옛날 작품이라 생기는 것들인데요. 여기에 나오는 지식을 지금 시대에 그냥 적용할 수 없다는 점도 그렇고,

이것이 19세기다!

지구과학 편

그리고 혹시 엄청나게 본격적인 모험 서사를 기대하셨다면 실망하실 겁니다. 이건 정말로 제가 보기에는 모험보다는 여행에 가깝거든요. 앞에서 말한 장점이 단점이 될 수도 있다는 뜻이죠.

여행 이야기라는 건 제목만 봐도 알아!

아니, 근데 제 말은…

또한, 일행은 지구의 중심으로 완전히 다가가고자 합니다. 그래서 바위로 막힌 통로를 뚫습니다. 폭탄까지 설치하고 거창하게 시행하죠.

와! 이미 이렇게 신비한 세계를 봤는데 지구 중심부에는 뭐가 또 있을까?

근데 그 시도가 과해서 다 폭발하고, 결국 빈털터리가 되어 간신히 지상으로 나갑니다. 그렇습니다. 이들은 지구 속은 봤지만, 지구 중심까지는 못 봅니다.

그 외에도 전반적인 전개가 남의 관광을 훔쳐보는 느낌이 많이 듭니다. 『해저 2만 리』에서 그랬듯 쥘 베른은 풍부한 지식을 토대로 일행이 '보는' 광경에 초점을 맞춥니다.

그렇기 때문에 끝장을 보는
치밀한 모험 서사를 생각하셨다면
기대에 못 미칠 텐데… 음…

그냥 오지 여행 다큐멘터리
본다 생각하세요.

좋잖아요, 다큐. ㅎ

또 다른 주의점은 좀 더 근본적인
부분인데요. 보는 사람에 따라서,

이건…

Behind Story

    쥘 베른의 작품 세계는 과학자뿐 아니라 수많은 예술가에게도 영감을 주었습니다. 2022년 4월까지 한가람미술관에서 열린 <초현실주의 거장들> 전시회를 보신 분들 중에는 난데없이 등장한 리덴브로크 교수의 얼굴을 보고 화들짝 놀라신 경우도 있을 것입니다.

    폴 델보의 <달의 위상 III>라는 작품에는 돋보기를 든 리덴브로크 교수가 등장하는데요. 『지구 속 여행』의 삽화와 마찬가지로 동그란 안경과 성마른 듯한 얼굴이 포인트입니다.

    지구와 우주에 대해 순수한 호기심을 가지는 쥘 베른식 캐릭터는, 이렇듯 여러 작품을 넘나들며 존재감을 과시합니다.

참고로 쥘 베른은 고국 프랑스에서도 워낙에 사랑받는지라 에펠탑 2층에 동명의 레스토랑도 존재합니다. 고급 프랑스 요리를 드시고 싶은 분들은 참고해주세요!

작가님은
가보셨나요?

가격이 무서워서
검색할 엄두도
못 냈다….

하지만 책은 저렴하다!
정 안 되겠으면 도서관에서
빌려도 되지! 그러니까 읽어.

아서 코넌 도일은 누구나 다 아는 어떤 추리 소설 시리즈로 엄청나게 유명해졌습니다.

하지만 이건 SF 리뷰툰이라 우리는 못 나온다는군, 홈스.

그런데도 굳이 우릴 꾸역꾸역 한 컷 그려 넣은 걸 보니 이 작가도 답 없는 셜로키언임이 분명해, 왓슨….

하지만 이게 코넌 도일 본인이 원한 바는 아니었죠.

원래 그는 역사 소설을 비롯한 다른 장르문학으로 성공하고 싶어 했습니다.

그런 건 됐고, 노예처럼 '홈스' 시리즈나 더 쓰라고!

그래서 '셜록 홈스' 말고도 정말 다양하고 엄청나게 많은 작품을 집필했습니다. 역사 소설, 밀리터리 소설에 호러 소설까지, 온갖 장르를 다 섭렵했죠. 심지어 시도 썼습니다, 맙소사! 코넌 도일이 시 썼다는 거 아시는 분이 계실까요?

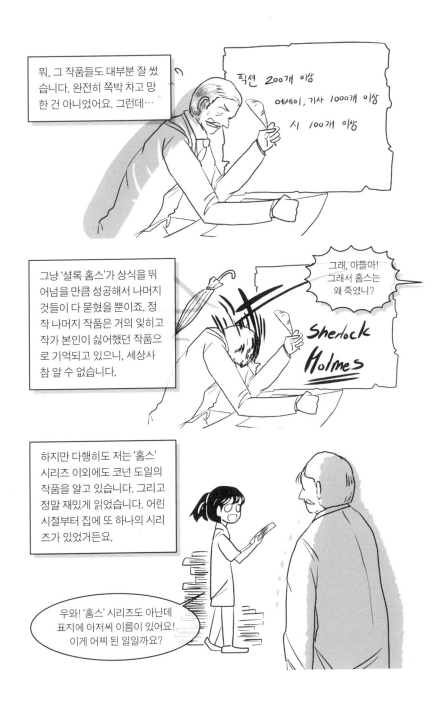

뭐, 그 작품들도 대부분 잘 썼습니다. 완전히 쪽박 차고 망한 건 아니었어요. 그런데…

픽션 200개 이상
에세이, 기사 1000개 이상
시 100개 이상

그냥 '셜록 홈스'가 상식을 뛰어넘을 만큼 성공해서 나머지 것들이 다 묻혔을 뿐이죠. 정작 나머지 작품은 거의 잊히고 작가 본인이 싫어했던 작품으로 기억되고 있으니, 세상사 참 알 수 없습니다.

그래, 아들아! 그래서 홈스는 왜 죽였니?

Sherlock Holmes

하지만 다행히도 저는 '홈스' 시리즈 이외에도 코넌 도일의 작품을 알고 있습니다. 그리고 정말 재밌게 읽었습니다. 어린 시절부터 집에 또 하나의 시리즈가 있었거든요.

우와! '홈스' 시리즈도 아닌데 표지에 아저씨 이름이 있어요! 이게 어찌 된 일일까요?

바로 '챌린저 교수' 시리즈입니다. 장편 두 개, 단편 세 개로 구성된 이 시리즈는 어엿한 SF 장르입니다. 챌린저라는 엄청난 괴짜 교수의 모험 이야기죠.

옙. 코넌 도일은 SF 모험 소설도 썼습니다. 좀 기억해주세요, 여러분! 지금도 전자책으로는 살 수 있고 진짜 재밌습니다!

다행히 '챌린저 교수' 이야기는 황금가지에서 모든 시리즈를 출판했습니다. 『잃어버린 세계』와 『안개의 땅』이라는 제목으로요.

그중 『잃어버린 세계』에는 동명의 장편과 단편인 「유독 지대」가 수록되어 있습니다. 그리고 『안개의 땅』에는 마찬가지로 동명의 장편과 단편 「지구가 절규했을 때」, 「물질 분해 장치」가 수록되어 있습니다.

저는 코넌 도일이 쓴 모든 작품을 황금가지판으로 읽으면서 자랐습니다. 비판도 좀 있긴 하지만, 저는 정말 훌륭한 번역이라고 생각합니다. 표현 하나하나가 그 시대 느낌과 코넌 도일 특유의 분위기를 정말 잘 살려냈거든요.

아마 이 시리즈에서 가장 유명한 작품은 「잃어버린 세계」일 겁니다. 이번에 리뷰할 작품이기도 하죠.

여담이지만 이거 검색하시면 제목 때문에 상당히 많은 오해가 보입니다.

〈잃어버린 세계를 찾아서〉는 제목과 달리 쥘 베른의 『지구 속 여행』이 원작이다!

〈쥬라기 공원 2: 잃어버린 세계〉는 코넌 도일 소설의 영향만 받았다!

하여튼! 이 책은 1912년작입니다.

야심 차게 쓴 SF 소설일세. 베네수엘라에 있는 로라이마산을 보고 영감을 받았지.

그렇군요. 그런데….

아, 홈스 살렸다고. 다른 것 좀 쓰자고.

이때 이미 코넌 도일이 나이 들기는 했지만 '홈스' 시리즈가 계속 나오던 시기였습니다. 『셜록 홈스의 귀환』(1905)과 『공포의 계곡』(1915) 사이에 나온 것이죠.

셜록 홈스의 귀환

잃어 버린 세계

공포의 계곡

괴짜 교수가 주도하는 모험이라는 점에서 SF 소설로서는 되게 무난한 작품이라 볼 수도 있습니다. 다만, 코넌 도일이 썼으므로 마냥 무난하지는 않게 되었습니다.

오타쿠 심리를 너무 잘 알던 사람.

이번 '팬픽' 진짜 끝내줘요, 부인!

홈스 선생님 가정부로 지원했는데 아직 연락이 없네요.

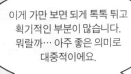

이게 가만 보면 되게 톡톡 튀고 획기적인 부분이 많습니다. 뭐랄까… 아주 좋은 의미로 대중적이에요.

정말 재밌습니다! 자세한 건 줄거리 말하고 설명해볼까요?

이야기의 표면적 주인공은 말론입니다. 스물셋 먹은 혈기 왕성한 청년이고 〈데일리 가제트〉의 기자입니다. 현재 글래디스라는 '여사친'을 짝사랑하고 있죠.

활발하고 사교성 좋고 모험을 마다하지 않는다는 점에서 왓슨과 매우 비슷합니다. 왓슨이 열 살쯤 더 젊고 의사가 아니라 기자를 했으면 말론이 되었을 것 같습니다.

특종!

아무튼 이야기는 그가 프러포즈하는 장면으로 시작합니다.
글래디스,
저랑….
말론, 당신 지금 청혼하려는 것 같은데 그만둬요.
말하기도 전에 차였잖아!
우리 관계는 정말 바람직했는데 지금 그 말 때문에 망해 버렸네요.

아무튼,
정 저와 결혼하고 싶으면
위대한 업적을 세워주세요.

그렇단 말이지.

뭐 어때!
위대한 모험 그까짓 거!
당장 시작해주지!

그런고로 편집장님!
아무거나 위험한 취잿거리
없을까요?

어… 음…
그 여자는 그냥 자네가 싫다는
말을 돌려서 한 거 아닐까?

잃어버린 세계 **145**

존 록스턴이라고 합니다.
이미 남미를 몇 번이나 탐험했고
사격에도 능합니다.
짐이 되지는 않을 거요.

혼자서 딜러, 탱커
둘 다 할 수 있음. ㅎ

오, 괜찮군. 알았네.
그리고…
아무래도 언론인도
하나쯤 끼면
좋겠는데….

저, 저요!

매일매일 새로운 경험의 연속이에요. 지금은 원주민 여러 명을 고용해서 함께 아마존강을 건너고 있습니다.

록스턴 경은 정말 타고난 리더입니다. 항상 침착하고 경험도 풍부해서 의지가 됩니다.

이 부근은 예전에 와서 잘 알고 있소.

사격은 내 전문이오. 사냥이나 위협은 맡겨만 두시오.

고용인 중에 우릴 배신한 사람이 있는데 진작에 쏴 죽였으니까 염려 마시오.

그렇게 다 해버리시면 제 역할은 뭐죠.

서멀리 교수님은 평소처럼 냉소적이지만 다양한 생물을 봐서 기뻐하시는 듯합니다. 게다가 외모와 달리 정말로 튼튼하시고요.

겉만 보고 책상물림이라 생각지 말게, 젊은이!

주인공 말론은 이렇듯 매력 넘치는 동료들과 함께 남미로 모험을 떠납니다. 그 속에서 이구아노돈 같은 공룡과 고원에서만 사는 갖가지 생물, 그리고 독자적으로 진화한 유인원까지 만납니다.

비록 사납긴 해도 그 유인원 대장은 참 잘생긴 놈이었어!

솔직히 둘 중 어느 쪽이 교수님인지 엄청나게 헷갈렸었죠…

물론 모험이 순탄하지만은 않습니다. 죽을 뻔한 위기도 많이 겪고 믿었던 동료가 배신하기도 합니다. 집으로 돌아갈 길을 잃어서 고립될 위기에 처하기도 합니다.

그래! 자네가 옳았단 거 알았어! 그럼 이제 돌아가야지! 우린 지금 집으로 갈 길을 찾는 게 급선무일세!

겁쟁이 서멀리. 언제 이런 생물학의 보고에 또 와보겠나? 이왕 간힌 김에 철저히 조사하고 가야지.

그러나 말론은 그 속에서 모험의 가치를 실감하고, 챌린저 교수를 비롯한 동료들과 깊은 신뢰를 쌓습니다. 이 여행은 주인공 인생의 새로운 전환점이 됩니다.

「잃어버린 세계」는 솔직히 단점이 뭔지 잘 모르겠어요. 그래서 그냥 특징 겸 장점만 써두겠습니다. 이 특징들은 비단 '챌린저' 시리즈만이 아닌 코넌 도일 작품의 특징이기도 합니다.

물론 「잃어버린 세계」가 아니라 '챌린저' 시리즈 전체로 보면 단점이 뚜렷하긴 합니다. 이건 이따가 자세히 말할게요.

특징 1.
압도적인 가독성.

읽기 쉽습니다. 옛날 소설이라고 믿기 어려울 정도로 문장이 간결하고 진도도 빠릅니다.

보통 고전 소설 못 읽는 이유가 그거잖아요. 묘사가 너무 많고 서술도 길다는 거.

이 작품에서는 걱정 안 하셔도 됩니다. 딱 필요한 만큼, 재밌는 만큼만 쓰여 있으니까요!

말 나온 김에 개인적인 생각을 적자면요. '셜록 홈스' 시리즈가
현대인에게까지 인기를 얻은 이유가 뭐라고 생각하십니까?

물론 홈스나 왓슨 같은 캐릭터의
영향이 가장 크기는 합니다. 그런
데 그것 못지않게 중요한 또 하나
의 요인은, 바로 압도적인 가독성
입니다. 제가 수많은 고전 문학을
읽었지만 코넌 도일만큼 글을 쉽
고 재밌게 쓰는 작가를 본 적이 없
습니다.

← 중학생

난 왜 이 책을…
이제야 읽었을까….

아니, 정확히는 이렇게 쉽고 재밌
는 동시에 정갈한 고전미까지 갖
춘 문체를 본 적이 없습니다. 보통
문체가 쉽다고 하면 소설 자체가
좀 캐주얼한 느낌이 드는데요. 도
일의 소설은 쉬우면서도 댄디합니
다. 고전과 현대 문학의 장점을 다
갖추었다고 할까요.

특징 2.
시대를 초월한 유머 감각.

이것도 가독성을 높이는 데 한몫한 특징인데요. 솔직히 제가 고전 문학을 좋아하긴 하는데…

거기에 나오는 농담 보고 막 깔깔대며 웃은 적은 거의 없어요. 일단 고전 문학에는 요즘 식의 툭툭 던지는 농담이 거의 안 나오고, 나온다 해도 옛날 사람들 유머 감각은 지금과 다르거든요. 그래서 그냥 '이 시절 유머는 이렇구나' 하고 머리로 이해하고 넘어갑니다.

그런데 이 「잃어버린 세계」를 읽으면서는 진짜로 '웃겨서' 웃었습니다. 여기 나오는 유머는 신기할 정도로 현대적입니다. 예를 들기 위해 만화에 책 속 유머를 그대로 가져와보겠습니다.

아, 이건 웃겼다. ㅋㅋㅋ

말하지 않았나!
내 시간은 너무 귀중해서 함부로
쓸 수가 없다고! 그래서 대학에서
내게 학생을 가르치라고 수없이
요구했는데도 거절해왔다네!

…언제 자네한테
그런 걸 요구했나?

어쨌든 말이야!

어떤가요?
요즘 미국이나 영국 드라마에
나오는 농담이랑 비슷하지 않나요?

1912년작임에도
위화감 없이 웃깁니다.
이거 정말 대단한 거예요.

특징 3.
'덕질' 요소가 넘쳐나는 캐릭터들.

앞서 말했듯이 '셜록 홈스' 시리즈의 가장 큰 인기 요인은 캐릭터성이었습니다. 물론 고전 작가 대부분이 인물 설계는 잘했죠. 근데…

19세기 소설 속 인물을 보고서 막 너무 귀엽고, '덕질'하고 싶고, 그 사람을 소재로 '팬픽' 쓰고 싶은 마음이 드는 경우가 흔한가요?

당신도 홈스 가지고 이상한 '팬픽' 쓰고 이러는 거 아니지…?

손에 든 그거 뭐야.

이건 홈스뿐 아니라 왓슨이나 아이린 애들러, 모리어티 등도 마찬가지예요.

코넌 도일의 캐릭터들은 그냥 잘 만든 걸 넘어서 오타쿠 감성을 자극합니다. 괜히 '고전 라이트 노벨'이라 불리는 게 아니에요.

이 장점이 '챌린저 교수' 시리즈에서도 발휘됐어요. 그래서 주인공 말론과 챌린저, 서멀리, 록스턴은 모두 제각기 다른 매력을 자랑합니다.

주인공도 귀엽긴 한데 저 같은 경우는 챌린저랑 서멀리 교수가 너무 귀여웠습니다. 나이 지긋한 교수들 보고 귀엽다고 생각하는 게 미친 것 같지만 실제로 읽으시면 이해하실 거예요.

그… 평소에도 객관성은 갖다 버린 리뷰였지만, 이번엔 특히 더 버린 것 같습니다, 선생님….

소소하지만 참신한 점은 책 시작 부분에 등장인물들이 실제로 찍은 듯한 사진이 수록됐다는 거예요. 사실 이 사진은 코넌 도일을 비롯한 사람들이 책 속 주인공처럼 꾸미고 찍은 겁니다! 맙소사! 20세기 극초반에 코스튬 플레이를 했습니다, 여러분!

물론 이런 엄청난 '덕질' 요소에도 불구하고, 결과적으로 '챌린저 교수' 시리즈가 실패한 것은 사실입니다. 작품 수가 적기도 하고, 치명적인 단점 때문에 인기가 높지는 않았죠.

왜지?

그 단점이 뭐냐고요? 그건 바로 차기작 장편인 「안개의 땅」 그 자체입니다.

본인이 제일 잘 알 텐데!

The Land of Mist

「잃어버린 세계」는 문제없습니다. 나머지 단편 세 개도 문제없습니다. 「유독 지대」는 독한 에테르 때문에 지구의 모든 것이 죽는다고 생각해 그것에 대처하는 일행의 이야기이고,

에테르는 빛의 매질로서 우주 공간을 가득 채운다고 믿어진 물질이야. 마이컬슨-몰리 실험 이후 에테르의 존재는 신빙성을 잃었지만 이 작품에선 아직까지 소재로 활용하고 있지.

누구한테 지껄이나, 젊은 친구?

「물질 분해 장치」는 사람을 순간적으로 작게 분해하는 발명 기기 이야기입니다. 이런 소재를 굉장히 짧고 깔끔하게 활용하는 도일의 역량을 알 수 있습니다.

이 미친놈이 날 분해하더니 내 수염만 빼고 원상 복귀시켰어!

그래도 죽이면 안 돼요, 교수님!

「지구가 절규했을 때」는 지구 자체가 거대한 생물로서 살아 있다는 전제 하에 이야기가 진행됩니다. 챌린저는 자기처럼 뛰어난 인물을 인지조차 못 하는 지구에게 본때를 보여주기로 합니다.

감히 이 몸을 못 알아본다 이거지?

「물질 분해 장치」와 「지구가 절규했을 때」는 사실 「안개의 땅」을 쓰고서 독자한테 엄청나게 욕먹은 도일이 추가로 내놓은 것들이죠.

I love Challenger

아니, 대체 내용이 어떻길래? 그래도 욕까지 하는 건 좀….

안개의 땅 내용은

1. 심령학, 강령술이 주된 주제고

2. 말론은 캐릭터 붕괴돼서 챌린저 딸이랑 같이 심령학을 옹호하다 업계에 소문나서 기자 경력 끝장나고

3. 마지막엔 챌린저도 심령학의 가치를 깨닫고 열렬한 신봉자로 변합니다.

도일 미친놈아! '홈스' 억지로 연재하다 진짜 대가리에 구멍 났냐.

사실 코넌 도일이 말년에 심령학에 집착한 것은 가족의 죽음을 연달아 겪은 결과입니다. 그로서는 강령술의 힘을 빌려서라도 죽은 자들과 소통하고 싶었겠죠.

저런. 난 그런 줄도 모르고.

…아니 그렇지만 SF 시리즈에 뭐 하는 짓거리냐고!!!

괜찮아. 욕먹는 건 익숙하니까.

홈스도 죽여봤는데 SF에 강령술 넣는 정도야.

그래도 이거는 화낼 수밖에 없습니다.

사실 저는 후속작 읽고서 몹시 실망하고 상처받는 경험을 종종 합니다. 거의 고전만 보는데도 말이죠. 고전 문학 작가도 결국 사람이기에 가끔씩 덜떨어진 작품을 쓰는 거겠죠.

영혼과의 교류는 진짜였어···!

그래서 이 리뷰의 결론은…

…

그래도… 만들어줘서
감사하다는 겁니다.
덕분에 우리에게는, 챌린저 교수의
모험이라는 가슴 뛰는 이야기가
남았으니까요.

Behind Story

　'셜록 홈스' 시리즈와 마찬가지로 이 시리즈 역시 주인공은 '잘난 척하는 괴짜 천재'입니다. 그 옆에는 주인공을 띄워주는 착한 파트너가 따라붙죠. 중요한 건 어디까지나 주인공입니다. 군상극과 반대되는 구도인 셈입니다. 코넌 도일은 이처럼 '한 사람에게 집중되는 서사'에 강합니다.

사실 '챌린저 교수' 시리즈가 더더욱 성공해서 여러 권이 나왔다면 매우 선구적인 SF 시리즈가 되었을지도 모릅니다. 그런 의미에서 한편으로는 '셜록 홈스'가 순수 추리물이 아니라 SF 시리즈였으면 어땠을까 싶기도 합니다.

어느 쪽이든, 본래 쓰고 싶던 역사소설과는 거리가 먼 장르로 성공한 도일 경이었습니다. 말년에는 나름 홈스와 화해했다는데, 지금은 저승에서 본인의 업적을 자랑스러워하고 있을까요?

문명의 미래는
암울합니다.

저는 그 결과를 보고 왔습니다.
우리가 쌓아 올린 모든 업적은
부질없는 축적물이 될 것입니다.

그렇다면 우린
무엇을 믿어야 하죠?

미래는 광대한 미지의 세계라고,
우리에게 그런 일이 일어날 리
없다고 믿어야 합니다.

혹은…

그러한 절망의 미래에도
서로 사랑하는 마음이
인류의 가슴에 남아 있음을
기억해야 할 것입니다.

Chapter 5

The Time Machine

멸망과 희망을 노래하는 광대한 여행기

『타임머신』

누구나 한 번쯤은 시간 여행을 공상하곤 합니다.

소소하게는 몇십 년 후의 발전된 기술을 경험하거나 과거로 가서 부모님을 잘 이어주는 걸, 광대하게는 머나먼 과거의 역사를 바꾸거나 아득한 미래를 보고 인류의 결말을 스포일러하는 걸 말이죠.

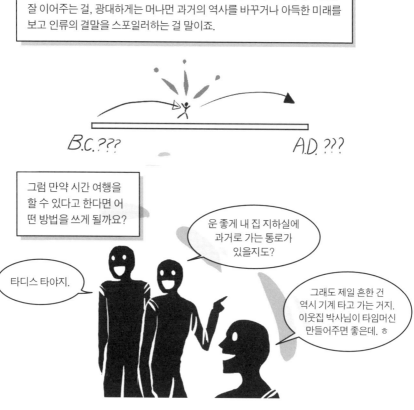

B.C. ???

A.D. ???

그럼 만약 시간 여행을 할 수 있다고 한다면 어떤 방법을 쓰게 될까요?

운 좋게 내 집 지하실에 과거로 가는 통로가 있을지도?

타디스 타야지.

그래도 제일 흔한 건 역시 기계 타고 가는 거지. 이웃집 박사님이 타임머신 만들어주면 좋은데. ㅎ

아마 이런 질문을 받으면 열에 여덟은 '타임머신'을 말할 겁니다. 현실에 있지도 않은 SF에나 나올 법한 여행 기계를요. 하지만 19세기 중반만 하더라도 이런 발상은 없었습니다.

그때 이미 산업화는 진행됐지만 아직 시간을 넘어 여행하는 기계 장치라는 발상은 없었습니다. 그래서 당시의 작가들은 과거나 미래로 가는 내용을 창작할 때 그 수단으로 수면을 이용했습니다.

미래에 도착할 때까지 푹 자!

그러다 1895년, 19세기의 끝물에 다다랐고… 당시 20대의 젊은 작가에 의해,

헉슬리 선생님의 가르침을 바탕으로 좋은 책을 내고 싶은데…

그 선생님도 워낙 지적인 분이니 그 유전자를 물려받은 손자가 태어나면 디스토피아 명작이 하나 나오지 않을까? ㅎㅎ

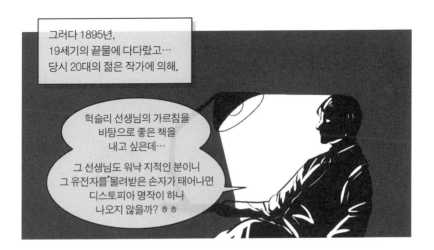

150페이지밖에 안 돼서 읽기도 쉬워!

가독성도 좋고 오락 소설 같지만 깊은 메시지를 담고 있음!

허버트 조지 웰스의 신화가 시작된 순간이었습니다.
그는 이후 『투명인간』, 『우주 전쟁』, 『모로 박사의 섬』, 그 외 여러 주옥 같은 단편들을 쓰면서 당당하게 고전 작가의 반열에 듭니다.

The Invisible Man

The Island of Dr. Moreau

The war of the Worlds

지금도 그의 SF 소설들은 미디어 매체에서 끊임없이 활용되고, 많은 현대인에게 즐거움과 깨달음을 주고 있습니다.
너무도 짧은 분량이지만, 그 영향과 메시지는 바다같이 넓은 소설입니다.

앞서 말씀드렸듯 이게 어려운 책이 아니고 두껍지도 않아서 어릴 때 본 사람도 많습니다. 제가 이걸 읽은 것도 중학생 때였어요.

오, 별로 길지도 않고 재밌겠다.

재밌긴 했어요.
재미없을 수가 없는 스토리입니다.
하지만 처음 읽었을 때 느낀 건,
재미보다는 공포였습니다.
나중에 읽을 분들을 위해 경고도 할 겸
이거 먼저 말할게요.

『타임머신』은 지금까지도
제가 읽은 책 중에서 손꼽히게
무서운 내용으로 기억합니다.

그 이유는…
좀 개인적인 거긴 한데,

근데 님 취미가
괴담 찾는 거 아니었음?

무섭다고 했지
싫다고는 안 했다.

전 어릴 때, 멈출 수 없는 시간의 흐름이나 먼 미래의 종말을 정말 무서워했어요.
화려한 문화재나 도시도, 멀쩡하게 살아가는 인류도, 먼 미래에는 기묘하게 퇴화해서 종말을 맞을지 모른다는 사실이 좀 견딜 수 없이 무서웠습니다.

별자리 캠프 갔다가 몇십억 년 후에 태양이 지구를 삼켜버린다는 얘기 듣고 진짜로 무서워함.

또 저 어릴 때는 환경에 대한 경각심을 키운답시고 '한 시간당 3종의 생물이 멸종한다' 이런 내용이 담긴 책이 많이 출판됐어요. 하지만 시간은 흐르잖아요.

이거 읽는 사이에 한 시간 지났는데, 미친!

종말도 퇴화도 멈출 수 없다는 게, 언젠가는 인간도 지구도 끝을 맞이할 거라는 게, 굉장히 절망적이고 무서웠습니다. 이거야말로 우주적 공포죠.

물론 어릴 때는 어휘력이 달려서 이렇게 표현은 못 했어요. 어쨌든 저게 제 공포심의 근간이었습니다.

『타임머신』은 바로 이런 공포심을 제대로 자극하는 내용입니다.

적당한 미래로 가서 미래인들과 모험하는 내용인 줄 알았죠! 3,000만 년 후로 가서 태양의 퇴화랑 지구 종말까지 보는 내용일 줄 몰랐다고요!

근데 왜 봤음?

말은 이렇게 했지만 싫어했던 건 아니고요…. 그냥 어… 장막을 걷고 미래를 봐서 찝찝한 느낌이랄까? 웰스의 팬이 된 계기인 건 맞습니다.

너무 궁금하게만 만든 것 같으니,
이 책은 줄거리 먼저 말하겠습니다!

이미 특징을 대강
말해버린 느낌이지만요.

주인공은 시간 여행자이고, 그의 이야기가 중심이 됩니다. 그러나
작품 자체는 이 이야기를 듣는 일인칭 관찰자, '나'의 시점입니다.

'나'는 스티븐 백스터가 쓴
공식 후속작 「타임십」에
서 '작가'라는 호칭으로도
등장합니다.

나의 시선에서 시간 여행자는 너무 똑똑해서 오히려 속내를
모르겠는 사람입니다. 그리고 이미 여러 특허를 낸 발명가죠.

잠깐 거기 특허 낸
의자에 앉아 있게.

편 안

이야기 초반에 '나'를 포함한 빅토리아 시대 끝물의 여러 중산층 인사가 시간 여행자의 집에 모입니다. 그리고 그의 이야기를 들으며 시작됩니다.

의사. 시장. 심리학자

주인공 이름을 생략한 게 아니라 정말로 작중에 '시간 여행자'라고만 나옵니다. 처음부터 끝까지요. 화자의 이름 역시 안 나옵니다. 이렇게 이름을 아예 숨겨버리는 경우가 흔치 않은데 좀 특이하죠.

꿀팁: 등장인물이 자기 본명을 싫어한다고 설정하면 이름을 따로 안 지어도 된다!

그것도 후속작에서 갑자기 튀어나온 설정 아님?

그는 먼저 시간에 대한 여러 이론을 가져와 '썰'을 풉니다.

흔히 아는 3차원에 시간을 더하면 4차원이 되는 거요. 우리는 공간의 세 차원 내에서 자유로이 움직일 수 있듯 시간의 차원에서도 움직일 수 있소.

그걸 믿으라는 거야?

약 팔고 있네.

레버를 당기자 타임머신은 점점 빠르게 미래로 떠납니다. 탑승자 입장에서는 엄청나게 빠른 롤러코스터를 타는 느낌이라 정신을 못 차립니다.

시간 여행자가 이 기계를 평생을 바쳐 발명한 것은,

미래로 가서 발전한 사회를 즐기고, 지적인 후손들과 토론도 해야지!

사회가 엄청나게 발전했을 테니까 필요한 건 다 거기서 구할 수 있겠지?

성냥 조금만 챙겨서 떠나자. 성냥도 사실 필요 없을 거야. ㅎㅎ 무한 동력 손전등 같은 물건이 생기지 않았을까?

이런 이세계물 주인공 같은 생각 때문이었습니다만,

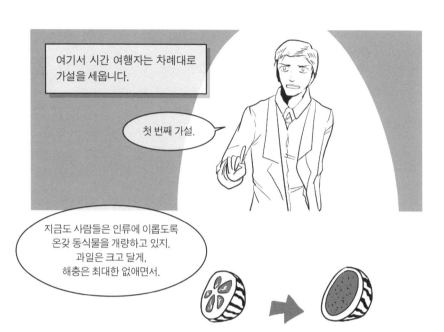

남자다움, 여자다움도
전근대에나 필요한 거니까
갈수록 남녀 외모가 비슷해졌겠지.
결국 지금처럼 예쁘장한
아이들 같은 외모가 된 거야.

이 사람들은 나를 보고서도
아무런 경계를 하지 않았어.
더 이상 아무 위협도 겪지 않으니까
공포심의 개념도 사라진 거지.

결국 이렇게,
정체된 에덴동산이 됐구나….

창의성은 고난에서
생기는 거라고.

응, 틀림.

왜?!

안에 뭐가 있을지 몰라서 일단 가만히 있기로 합니다.

?

얼마 안 되어 그는 위나라는 여자 엘로이가 죽을 뻔한 걸 구해줍니다.
위나와 친해진 주인공은 힐링도 하면서 그럭저럭 일상을 보냅니다.

있잖아, 위나…
내가 지금 연애할 때가 아냐.

그리고 네가 아무리
성인이라고 해도 독자들은
날 때려죽일 소아 성애증
환자로 볼 거야….

그때쯤 그는 그 세계에서 어떤 위화감을 느낍니다.

이렇게 무능한 엘로이족은
항상 비단옷을 입고 섬세한 금속
가공 기술이 필요한 신발을 신고 있어.
그들이 뭘 만드는 걸
본 적이 없는데.

한번 우물로 들어가보니 몰록들은 엘로이와 달리 고기를 먹고, 상당히 폭력적이었다. 게다가 전반적으로 엘로이보다 지능이 높아 보였다.

타임머신은 몰록이 조사하려고 옮긴 거구나.

어쨌든 수수께끼는 좀 더 풀렸다. 지금도 노동자들은 지하에서 주로 일하고 상류층들은 지상에서 여유롭게 지내는 경향이 있어.

와! 정말 19세기다운 생각이었어요!

이 계층이 고착화되면서 아예 사는 곳이 달라진 거 아닐까? 엘로이는 옛 상류층이 영원한 귀족이 되며 진화한 존재고, 몰록은 노동자의 후손인 거야. 몰록이 옛 버릇을 못 버리고 여전히 엘로이에게 생활용품을 만들어 바치고 있는 거지.

이미 주인공이 혼자 돌아온 걸 보셨으니 이 부분에 대한 결말은 대강 짐작할 수 있으실 겁니다. 보시다시피 『타임머신』은 SF가 기반이지만, 포스트 아포칼립스의 특징도 강하게 띱니다.

이미 몰락하고 비참해진 인류를 조명하고, 만신창이가 된 주인공이 더, 더 미래로 가면서,

차갑고 붉게 변한 태양을 허망하게 바라보는 모습까지 나옵니다. 평생을 바친 연구의 대가로 그는 인류와 태양, 지구의 몰락을 보게 된 겁니다.

하지만 시간 여행자는 절망해 쓰러지지 않습니다.

이번엔 철저히 준비했어….

또다시, 미래를 바로잡을 수 있으리라 믿으며 다시 한번 타임머신의 조종간을 당깁니다.

소설『타임머신』의 큰 장점은 별로 가벼운 SF가 아님에도 어린 독자들이 읽기에 전혀 어렵지 않다는 점입니다.
은근히 독자의 정신을 괴롭히면서도 글 자체는 매우 쉽게 쓱쓱 써놓은 웰스 옹 덕분입니다. 그 덕에 많은 어린애들이『타임머신』을 읽고서 살짝 트라우마가 생겼습니다. 고마워요!

와아… 재밌…다…?

또 하나의 장점은, 그러면서도 묘사나 연출이 상당히 뛰어납니다. 이 책을 몇 번이나 읽으면서도 감탄했는데요.

시간 여행자가 조용히 자신의 성과를 설명하고, 빅토리아 시대 인사들이 그를 잘 보려 사방에서 둘러싸고, 그 광경을 19세기의 희미한 전등이 비추는 모습을… 저는 눈앞에서 보듯 구체적으로 상상할 수 있었습니다.

물론 제가 평소에도 독서할 때 영화처럼 작중 상황을 상상하면서 보기는 하지만요. 이건 정말, 영국 드라마를 보는 건지 소설을 읽는 건지 모를 정도로 대단한 묘사력입니다. 아무래도 다른 책이라면 그냥 넘어갈 수도 있는 등장인물의 작은 동작이나 비언어적 표현을 세심하게 짚어줘서 그런 듯합니다.

참고로 난 만연체를 구사하는 작가가 아냐. 오히려 극단적인 간결체 작가지. 대신 그 짧은 문장 하나하나가 날카롭고 적확하지!

초반에 시간 여행자가 속을 알 수 없는 희미한 미소를 띠고,

두 손을 깍지 껴서 작은 타임머신에 얹은 모습.

엘로이들이 비둘기 울음소리처럼
부드럽게 말하면서 시간 여행자의
몸을 살짝살짝 만져보는 모습.

와 ─

와 ─

위나가 시간 여행자의 주머니에
꽃을 꽂아주고, 함께 걷다가 안
기다 다시 걷는 모습.

기분이 좋아진 시간 여행자가

춤추자!

자기가 아는 댄스를 전부 추고 위나가
활짝 웃으며 즐거워하는 모습.

몰록의 차가운 손길이 닿을 때의 소름 끼치는 위화감.

차갑게 멈춰버린 태양 앞에서 눈발을 맞을 때의 절대적이고 절망적인 고독감.
이 모든 게 독자의 머리와 가슴에 직격으로 팍팍 박혀 옵니다.

그렇다면 이건 배드 엔딩일까요? 그렇지는 않습니다.
시간 여행자는 너무 많은 걸 안 대가로 정신이 너덜거리지만,

그럼에도 과학자로서의 호기심을 충족하고자, 그리고 조금 더 나은 미래를 만들 수 있으리라 믿으며 다시금 떠납니다.

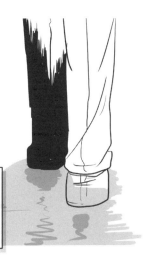

어떻게 떠났고 어떻게 끝나는지는 원작을 보고 아셨으면 합니다. 저는 지금도 『타임머신』의 엔딩과 에필로그를 정말 좋아합니다.

스티븐 백스터가 『타임머신』 원작 출간 100주년을 기념하여 후속작을 훌륭히 써냈다는 사실을 이미 알고 있었습니다.

하지만 저는 한동안 그걸 보지 않았습니다. 원작의 결말이 굉장한 여운을 남기고 감동적이었기 때문에 그 느낌을 깨고 싶지 않았습니다.

웰스 재단도 인정했는데?

하지만 이런 결심이 다 그렇듯 결국은 깨져서 『타임십』을 펼쳤습니다.

와 전자책 17,500원!

여기서 잠깐, 『타임머신』 원작의 단점… 이라고 하긴 좀 그렇지만 아쉬운 점을 토로하는 분들도 계실 겁니다. 타임머신이라는 소재를 가지고 원시인 같은 야만인만 다루는 게 상당히 실망스러울 수 있거든요.

아니 내가 기대한 건!

기술이 엄청나게 발달한 미래로 가서 현대인이 꿈도 못 꾸는 과학을 경험하고! 우주여행도 하고!

아니면 디스토피아가 돼서 맨날 전쟁만 하는 미래를 보거나!

나는 과거로 가는 걸 보고 싶었어! 인류가 출현하기 전의 옛 지구를 보고 싶었는데!

시간 여행 하면, 다른 시간대의 자신과 마주치는 장면이 나와야지! 내가 또 다른 나와 만나는 건 이런 소재에서만 볼 수 있잖아!

미래를 계속해서 바꾸고 또 바꾸면서 상황이 꼬이는 것도 좋지!

만약 이 리뷰를 읽으면서
이런 생각을 하셨다면,
후속작『타임십』을 보세요.
앞에 나열한 소재가
싹 다 나옵니다.

거기에 플러스알파로 시간 여행
이야기에서만 나올 수 있는 깊고
장엄한 메시지가 펼쳐집니다.

그것도 원작의 시간 여행자가 그대
로 겪는 이야기로 해서요. 웰스 옹
의 문체와 캐릭터성을 최대한 존중
하고 거기에 한층 발달한 현대적
발상들을 온 힘을 다해 쏟아부은,
팬들을 위한 방대한 헌사입니다.

좋긴 한데, 책이 얼마나 두껍길래 앞에 말한 모험들이 싹 다 나오고 플러스알파까지 나온다는 거죠?

하하, 그건 일부러 언급 안 했는데!

740페이지입니다. 원작이 150페이지인데 후속작은 740페이지입니다.

아니, 미친. 솔직히 두꺼워서 안 본 거죠?

하하.

아니 근데, 저 두꺼운 책을 전 이틀 반 만에 다 봤습니다. 특히 초반 300페이지는 정말 숨도 못 쉬고 봤어요. 그만큼 재밌었습니다.

역시 클래스가 달라!

제일 좋았던 건 몰록에 대한 재해석이었습니다. 원작에서 그저 지능 약간 높은 야만인 식인종으로만 나왔던 몰록을, 후속작에선 변해버린 미래를 활용해 훌륭하게 바꿔놓습니다.

누구보다 이성적이고, 지식의 성취를 위해 종족의 운명까지 건 긍지 있는 후손으로요.
실로 배부른 엘로이보다는 배고픈 몰록이 되겠다는 생각이 들게 합니다.

그리고 이 몰록 중 하나는 주인공과 기나긴 시간 여행을 함께하는 동료가 됩니다. 아주 좋은 재해석이었어요.

근데 좀 더 짧았어도 됐겠다 싶긴 합니다. 읽으면서,

인기 있어서 시즌 6까지 계속 나오는 SF 영국 드라마 같다.

라는 생각이 좀 들었거든요.

만약 이게 후속작이 아니라
독립적인 작품이었다면,
'원래 이렇구나' 하고 넘어갈 텐데…

어떤 목표를 가지고 쓰인
『타임머신』의 '후속작'이란 것이
문제였습니다.

개인적으로는
독일과 전쟁하는 부분이
제일 재미없었어요. 영국은 진짜
독일 없었으면 어쩔 뻔했을까요.
본인들도 양아치면서
맨날 독일만 패요.

그래서 한 300페이지부터는,

엘로이랑 몰록 보고 싶어.
귀여운 위나 보고 싶어.

이 생각이 한 번씩 계속 듭니다.

이제 특징으로 넘어갑니다.
특기할 요소는, 이게 원작보다
더한 하드 SF라는 점입니다.

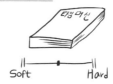

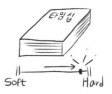

작중에는 중력의 작용 원리, 생태계 유지에 실패한 사례, 시간이 시작되는 시점을 알기 위한 연구가 나옵니다.
내용이 상당히 깊고 전문적이에요. 처음에야 흥미롭고 좋지만 한 400페이지 넘어가면 슬슬 지치기 시작합니다.

물론 이건 제가 몰아 읽어서 그럴 수도 있고, 너무 가벼운 SF에 지친 분들에겐 장점이 될 수 있습니다.

저자가 아서 클라크의 뒤를 잇는 하드 SF 작가라고 하는데, 그 말이 이해되는 내용입니다.

이와 별개로 주의점을 하나 말씀드리자면, 주인공의 캐릭터성에 대해 위화감이 생길 수 있습니다.
리뷰에서 시간 여행자를 그릴 때는 원작을 읽으며 상상한 이미지대로 그렸습니다. 에디 레드메인 같은 얼굴에 호리호리하고, 침착하지만 속은 열정적인 그런 이미지였죠.

에디 레드메인은 사심이 확 섞인 거 아님?

흥.

『타임십』도 처음에는 이런 원작 이미지를 잘 따라갑니다. 하지만 이야기가 진행될수록 스티븐 백스터가 재해석을 가미하며 원작과는 달라져요. 이게 말로 설명하기는 어려운데….

주인공이 생각보다 나이도 많고,
근데 또 성격은 너무 발랄하고,
목표는 지나치게 거시적으로 변하고,
쓸데없는 짓도 많이 합니다.

목표 부분은 『타임십』 자체가
하드 SF니까 나온 결과인데요.
그 외에는…

너무 현대적인 주인공이 됐습니다.
원작의 19세기 주인공다운 고전적 성격은 옅어지고, 이리 뛰고 저리 뛰며 구르는 21세기형 주인공이 되었습니다.
원작에서는 도저히 얘가 40대 중반의 배나온 아저씨로는 안 보였는데, 여기서는 그렇게 묘사했습니다.
마찬가지로 원작에서는 타인에게 그리 감정적으로 대하는 느낌도 안 들었어요. 오히려 희미한 미소를 띠는 포커페이스에 가까웠죠. 근데 『타임십』에서는 동료인 몰록과 주변인들에게 자기 감정을 다 드러내며 상당히 솔직하게 대합니다. 그냥 최신 영국 드라마에 나오는 주인공 느낌까지 들어요.

물론 이건 제가 느낀 이미지라 사람마다 다를 수 있어요. 참고만 하고 넘어가주세요.
은근히 깐 것 같지만, 『타임십』에는 강력한 장점이 두 가지 있습니다. 첫 번째는 바로 대사와 내용의 탄탄함과 미려함입니다.

정말 읽으면서 품격을 느꼈습니다. 대사 하나하나가 너무나 깊이 있고 아름답습니다. 오죽하면 따로 메모까지 해뒀을까요. 관록과 품위가 녹아든 작품에서만 엿볼 수 있는 표현이었습니다.

"어둠은 우리가 선택한 것입니다.
우리의 눈은 수없는 아름다움을 가려낼 수 있는
정교한 기관입니다. 태양의 무자비한 빛이 없으면,
온전하게 하늘의 아름다움이 눈에 들어오게 되고…."

"이곳 구체 속 강철로 된 하늘 위에서
매일같이 벌어지는 수천, 수백만 번의 전쟁조차,
인간에게 허무함과 잔인함을 가르쳐주기에는
역부족이었던 것이다!"

"내가 관찰하는 그 순간에도,
불타는 섬 세계에서 수도 없이 폭발이 일어나며
황홀한 죽음의 꽃과 같은 구름들이 피어났다."

me>또 하나의 중요한 장점은 바로 간접 경험입니다. 책을 읽는 동안 독자는 잠깐 정신이 육체를 떠나서 주인공과 함께 몇천만 년을 뛰어넘는 시간 여행을 합니다. 까마득한 미래로, 다시 까마득한 과거로 떠나며,

B.C. ???   A.D. ???

그 거대한 시간선들 앞에 모든 게 하찮것없게 느껴집니다. 더불어 현생 인류가 나 혼자뿐인 데서 밀려오는 절대적 고독감을 함께 느낄 수 있습니다. 시간 여행의 기간마저 간접적으로 같이 느낄 수 있습니다.

아, 처음에 떠났을 때? 아이고, 진짜 너무 옛날이다….

나 어제 그 부분 읽었는데?! 왜 이렇게 옛날처럼 느껴지지.

앞서 말씀드렸듯 『타임십』의 내용은 매우 거시적입니다. 주인공이 다시는 본래의 삶을 살아가지 못할 만큼 그 정신을 뒤바꿔놓죠.

그 광대하고 궁극적인 여행을 독자가 함께할 수 있습니다. 이 점에서 이미 대체 불가능한 가치를 지닌다고 생각합니다.

다녀왔어….

그리고 그 가치는 결말까지 봐야 참맛을 느낄 수 있으니 중간에 힘드시더라도 꼭 끝까지 보셨으면 좋겠어요.
단점이라면 단점인데, 전 이거 읽으니까 한동안 SF는 치워두고 싶어졌습니다. 너무 끝장을 본 기분이라서요.

하지만 이건 『고전 리뷰툰: SF편』이니 바로 또 읽어야겠네요.

데헷.

일단 짧은 원작부터 보시고 더 전문적인 내용의 후속작은 그 뒤에 시간 날 때 시도해보시길 권합니다.

그래도 저는 좋은 경험이었던 게…

암만 공식 후속작이라도
원작자가 쓴 게 아니면
신뢰가 가지 않았거든요.
그래서 '셜록 홈스' 후속작도
안 봤고요.

그런데 『타임십』을 계기로
그것 역시 훌륭한 작품이 될 수
있다는 사실을 알았습니다.
그런 의미에서 추천합니다.

하지만 어쨌든 이 리뷰의
주인공은 원작을 쓴
허버트 웰스죠.

웰스의 매력은 『투명인간』,
『우주 전쟁』등 다른 대표작에서도
느끼실 수 있습니다!

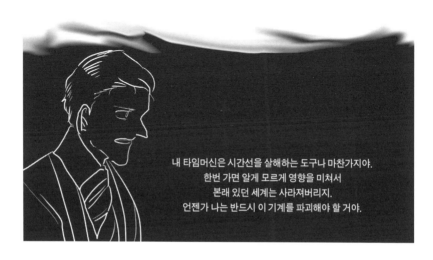

내 타임머신은 시간선을 살해하는 도구나 마찬가지야.
한번 가면 알게 모르게 영향을 미쳐서
본래 있던 세계는 사라져버리지.
언젠가 나는 반드시 이 기계를 파괴해야 할 거야.

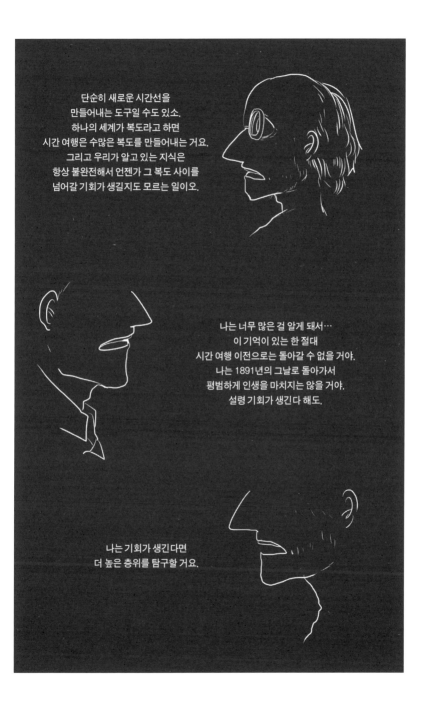

단순히 새로운 시간선을
만들어내는 도구일 수도 있소.
하나의 세계가 복도라고 하면
시간 여행은 수많은 복도를 만들어내는 거요.
그리고 우리가 알고 있는 지식은
항상 불완전해서 언젠가 그 복도 사이를
넘어갈 기회가 생길지도 모르는 일이오.

나는 너무 많은 걸 알게 돼서…
이 기억이 있는 한 절대
시간 여행 이전으로는 돌아갈 수 없을 거야.
나는 1891년의 그날로 돌아가서
평범하게 인생을 마치지는 않을 거야.
설령 기회가 생긴다 해도.

나는 기회가 생긴다면
더 높은 층위를 탐구할 거요.

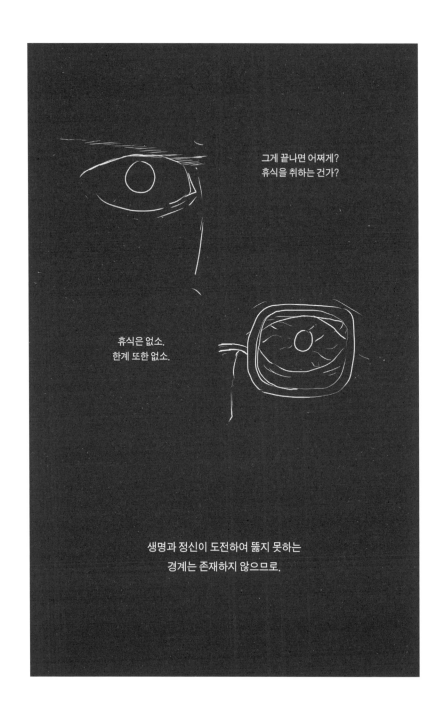

Behind Story

『타임머신』은 상당히 묵시록적인 내용으로, 허버트 조지 웰스의 작품치고 순한 편입니다. 주인공이 연애하는 내용도 비중 있게 나오고 말이죠. 좀 더 매운맛인 작품들은 다음 리뷰에서 보실 수 있습니다.

의외로 내 작품 중에선 『우주 전쟁』과 함께 입문용이다, 이 말씀이야.

　본편의 전개가 아쉬운 분들은 위나와 함께 현대로 돌아온 시간 여행자의 이야기를 상상해보시면 어떨까요? 해피 엔딩일 수도 있지만 조금 다른 의미로 곤란해질 수도 있겠군요.

아, 아니, 나랑 연애하던 미래인인데….

뭐야, 미래에서 딸 낳아 왔어?!

연애? 이 꼬맹이랑? 이게 드디어 미쳤나!

그걸 누가 믿어?!

생긴 것만 이렇지, 성인이야….

그날 새벽의 일을 잊을 수 없다.

두 손이 때 묻은 유리처럼
변해가는 것을 지켜봐야만
했을 때의 공포.

시간이 흐르며 나의 모든 것
이 맑아지고 희미해지는 것
을 목도하며 느꼈던 공포.

하지만 돌이켜보면, 무엇이 그리 달라졌는가?

나는 그 이전에도 이후에도 줄곧 이방인이었다.

Chapter 6

The Invisible Man

소외와 고독과 고통의 이야기

『투명인간』

날씨도 매일매일 신경 써야겠지.
맑은 날은 괜찮지만…

눈이 오면 몸에 눈이 쌓여서
이상하게 보이고, 비가 오면 몸이 젖어서
이상하게 보이고, 안개가 껴도 몸
형체가 인식되어 이상하게 보이고,

폭풍우가 치면 분명 험악한 비바람이
네 몸 부분만 비껴가는 게 인식될 테지.

진흙탕을 밟으면
발에 진흙이 묻어서 그것 역시
이상하게 보일 거다.

…

다시 말해,

투명인간으로 살면…
그냥 뭘 해도 다 이상하다.

약간만 삐끗해도 오히려
보통 사람보다 몇 배로 눈에 띄어!
자기 정체 밝히고 유튜버로
살지 않는 이상은 단점밖에
없는 삶이다!

끌
깃

그건 좀 끌린다….

근데 님은 누구길래
투명인간 설정을 그렇게까지
자세하게 파헤쳐놓고…
지나가는 사람을 말로
패시는 거죠?

나? 투명인간을 SF 소재로서
최초로 쓴 사람이지.

'타임머신'만 내가
처음 쓴 줄 알았지?

허버트 조지 웰스의 작품,
그 두 번째 리뷰입니다!
이 작품은 아무리 지면이 부족해도
리뷰할 수밖에 없습니다.
이유는 좀 전에 작가가
본인 입으로 말했습니다. ㅎ

Invisible
Man

안타깝게도 『투명인간』은 우리
나라에서 제대로 완역된 지가
얼마 안 됐습니다. 그 이전에는
아동용 번역본만 보급되었죠.
어쩌면 이 작품도 『타임머신』
처럼 어릴 때 보신 분이 많을지
도 모릅니다.

참고로 저는 초등학생 때 봤습니다. 거의 처음으로 본 SF 소설이 아니었을까 싶네요.

근데 이 작품을 읽게 되기까지 그 배경에 얽힌 이야기가 있습니다. 제가 그때 읽었던 판본은 군데군데 삽화가 들어간 데다 제목도 '이상한 투명인간'이었습니다. 책등과 표지에는 붕대를 칭칭 감고 안경까지 쓴 사람 얼굴이 그려져 있었죠.

어릴 땐 그 책이 엄청 무서웠습니다. 원래 사람이 좀 이질감 느껴지고 정체를 모르겠는 걸 무서워하지 않습니까. 제목부터 그냥 '투명인간'도 아니고 '이상한' 투명인간이라서 더 무서웠습니다. 붕대 감은 그림도 무섭고 대체 무슨 내용의 책일지 상상조차 할 수 없었습니다.

뭐지.

대체 뭐지.

저 붕대 감은 사이코가 사람들 다 죽이는 내용인가?

문제는 그게 제 방 책장에 있었기에 시선을 피할 수도 없었다는 겁니다. 그러고 살다 보니 나중에는 '이상하다'라는 형용사까지 무서워질 지경이 됐습니다.

이대로는 일상생활도 못 해! 차라리 실체를 확인할래!

이상한
투명인간

… 예. 이게 제가 처음 『투명인간』을 읽게 된 이유입니다.

팍팍한 내용이긴 했지만, 재밌고 좋은 책이었죠. 덕분에 공포감은 사라졌습니다. 역시 무지는 두려움을 낳고, 앎은 두려움을 없애줍니다. 이 추억만 봐도 알 수 있죠.

극

복

그런데 저는 이게 왜 아동용으로 번역됐었는지 잘 모르겠습니다.

'초딩' 때 온갖 공포 만화 다 봤으면서 뭔 소리야.

웰스의 다른 작품들이 그렇듯 『투명인간』역시 문체는 가볍고, 줄거리는 무겁습니다.

오, 쉬워.

쉬운 문체로 독자를 유혹한 다음 뒤통수를 확 잡고 냉혹한 이야기를 목도하게 하죠. 딱히 『투명인간』만 그런 건 아니에요. 웰스의 작품이 대부분 그렇습니다. 이건 이따가 다시 이야기할게요.

그치? 쉽지?

일단 줄거리부터 요약하겠습니다. 이야기는 아이핑이라는 조용한 시골에 한 외부인이 오는 것으로 시작합니다.

그는 딱 봐도 좀 이상한 사람입니다. 옷깃으로 목까지 가리고, 얼굴은 온통 붕대로 칭칭 감은 데다 선글라스까지 썼습니다. 밖으로 보이는 몸이라고는 코뿐이죠.

그 이방인은 퉁명스럽게 여관에 자리를 잡습니다. 그곳에서 장기 숙박을 하려는 듯 자기 실험 도구까지 들여놓죠. 사람들은 그가 과학자일 거라 짐작만 합니다. 수상한 점이 한두 가지가 아닌 데다 태도도 형편없지만, 여관 주인은 그냥 돈 생각해서 받아줍니다.

방해 말고 꺼지쇼.

님 뒤통수의 공백이 제 상식을 방해하는데요?

사실 수상한 정도가 상궤를 벗어나 있어서, 마을 사람들은 그가 부기맨 같은 괴물이라고 믿었습니다.

음 아마도…?

화상 입은 거겠죠?

물론 우리야 정체를 이미 알죠. 제목에 나와 있잖아요.

하지만 이 당시 사람들에게는 투명한 인간에 대한 개념 자체가 없습니다. 그래서 배로 공포스러워지는 겁니다.

그렇기 때문에 만약 그가 침착하고 용의주도한 성격이라면 정체가 한참 늦게 밝혀졌을 텐데… 대놓고 예의를 쌈 싸 먹은 데다 분노 조절을 못 하는지라 모두가 금세 의심하게 됩니다.

내 눈앞에 아무것도 없었는데! 뭔가가 내 코를 잡아 비틀었어!

결국 사람들 입장에서는 정체를 알 수 없는 존재가 손님으로 온 거죠. 그래서 아이핑 에피소드는 전체적으로 호러물 클리셰를 따릅니다.

소설의 클라이맥스는 마침내 돈도 떨어지고 사람들이 의심해 몰아붙이자…

투명인간이 천천히 스스로 정체를 드러내는 장면입니다.

붕대를 천천히 풀어내고 옷을 벗는데 그 안에는 아무것도 없는 거죠. 순진무구한 19세기 영국인들 입장에선 이루 말할 수 없는 공포입니다.

그건 그거고, 분위기는 곧 우당탕탕 추격전으로 바뀌지만요.

옷도 다 벗었으니 이제 못 잡아! 잡으려면 지금 덮쳐야 해!

네놈 간밤에 도둑질했잖아!

하지만 결국 못 잡았고…

투명인간은 그 길로 아이핑을 떠나게 됩니다. 아이핑에서 벌어진 소동이 신문에 대서특필로 보도된 지금, 그가 과연 홀로 살아갈 수 있을까요?

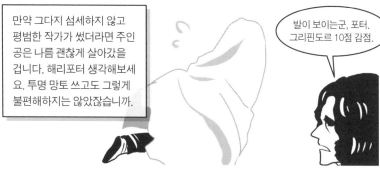

만약 그다지 섬세하지 않고 평범한 작가가 썼더라면 주인공은 나름 괜찮게 살아갔을 겁니다. 해리포터 생각해보세요. 투명 망토 쓰고도 그렇게 불편해하지는 않았잖습니까.

발이 보이는군, 포터. 그리핀도르 10점 감점.

근데 이건 작가가 웰스네요? 망했습니다. 이제 우리 불쌍한 주인공은 앞에서 줄줄이 말한 투명인간의 고충들을 죄다 겪게 생겼습니다.

뒤의 이야기는 그 고충과, 그것을 해결하고자 저지른 일련의 민폐를 다루고 있습니다. 맨몸으로 쫓기게 된 투명인간은 불쌍한 소시민을 협박해 부하로 삼기도 하고,

저는 뚱뚱하고 몸도 안 좋아요. 놔주세요.

아냐, 넌 도움이 될 수 있어!

나름 믿을 수 있는 옛 동창 켐프를 찾아가 도움을 요청하기도 합니다. 그 동창의 집에 도착했을 즈음엔 이미 여기저기 다치고 극도로 피로한 상태였죠.

기분 탓인가? 집에서 인기척이….

이미 이때쯤엔 독자들도 애 인성이 상당히 별로인 데다 분노 조절도 안 되는 나사 빠진 놈이란 걸 알지만 그럼에도 불쌍하게 느껴집니다. 정말 온갖 고충을 다 겪기 때문입니다.

뭐, 뭐야! 누구 있어?

그… 나 너무 배고프고 잠도 30시간째 못 자서 그런데 신세 좀 지지. 이왕이면 옷도 좀….

마지막엔 세상을 지배한다느니
미친 소리를 늘어놓았지만…

지금 생각해보면
이미 잔뜩 상처 입고
스스로 돌보지도 못하는 주제에,

뭘 얼마나
할 수 있었겠습니까?

그저 분노에 차서
한 말들일 뿐이지요.
사실 그는 오래전부터 분노에
지배당한 상태였습니다.

언제나 소외되어 있었으니까요….

사실 눈치 빠르신 분들은 중간부터 이미 해피 엔딩이 아니라는 점을 짐작하셨을 것 같습니다.

그렇습니다. 표면적으로나 내면적으로나 이 서사는 해피 엔딩일 수가 없었습니다. 처음부터 그런 가능성은 배제하고 있었죠. 표면적으로는 투명인간의 어설픈 처세와 앞날이 깜깜한 상황 때문에,

내면적으로는 이 작품 자체가 '소외된 자의 외로운 최후'를 주제로 하고 있었기에 해피 엔딩이 나올 수 없었습니다.

주인공이자 가해자인 그리핀은 얼핏 보기엔 그냥 악인입니다. 이야기 자체가 그리핀이 온갖 피해를 끼치며 진행되죠. 단순히 무례하게 구는 일부터 시작해서 도둑질에, 강도질에, 동물 실험에, 온갖 못 할 짓을 다 합니다.

냐옹

쟤로 실험해볼까?

그러나 모든 악행은 필연적으로 자신의 파멸을 향합니다. 제아무리 발버둥 치며 분노해도 그리핀은 항상 자신의 목을 조일 뿐입니다.

그런 그의 주변에는 아무도 없습니다.

항상 그랬을 것입니다. 투명인간이 되기 전에도 그는 고독했을 가능성이 높습니다.

왜냐하면 그리핀은 선천적인 색소 결핍증 환자이기 때문입니다.

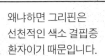

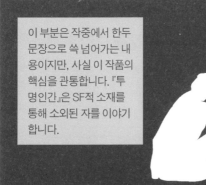

이 부분은 작중에서 한두 문장으로 쓱 넘어가는 내용이지만, 사실 이 작품의 핵심을 관통합니다. 『투명인간』은 SF적 소재를 통해 소외된 자를 이야기합니다.

고독에 사무쳐 분노하는 인간을 이야기합니다.

투명해짐으로써 소외에서 벗어날 기회를 영원히 박탈당한 인간의 고통을 이야기합니다.

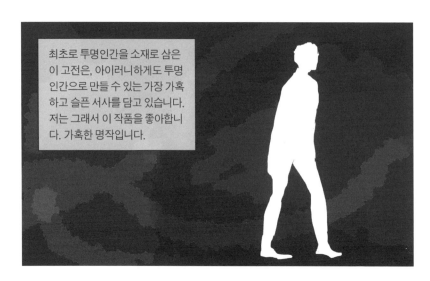

최초로 투명인간을 소재로 삼은 이 고전은, 아이러니하게도 투명인간으로 만들 수 있는 가장 가혹하고 슬픈 서사를 담고 있습니다. 저는 그래서 이 작품을 좋아합니다. 가혹한 명작입니다.

자, 그럼 특징을 정리하면서…

웰스의 업적과 논란을 아울러 이야기하겠습니다.

리뷰툰을 그리는 중에 많은 분이 웰스를 인종 차별주의자라고 비난하시는 걸 보았습니다.

비난의 이유는 그가 생전에 했던 발언 때문이겠죠.

유색인종은 다 죽어서 사라져야 한다.

아니, 왜 이러신 거죠? 저도 웰스 팬이지만 이 발언을 옹호할 생각은 없습니다.

다만 말씀드리고 싶은 건, 저 문제의 발언 외에는 웰스가 당대 사람 중에서도 특히나 심한 인종 차별주의자라는 근거가 안 보인다는 겁니다.

게다가 그는 작품을 통해 꾸준히 제국주의, 식민 지배를 비판해왔죠.

무엇보다, 알아주십쇼. 웰스는 19세기 영국인이었다는 걸 말입니다.

오늘날의 시선으로 이 시대 사람들을 비판할 순 없는 노릇입니다. 그는 단지 할 일을 다 하면서 다소의 모순된 행보를 보였을 뿐이죠. 또 다른 대표작인『우주 전쟁』을 보면, 웰스의 기본적인 태도를 알 수 있습니다.

우리는 스스로가 항상 유능할 줄 알았다. 그리고 안전하게 살아갈 줄 알았다.

하지만 화성의 외계인이 침입하며 우리 또한 약자일 수 있음을 알았지.

지금도 가끔 그날의 악몽을 떠올린다. 모든 인간이 죽거나 혹은 화성인의 가축으로 길러지는 악몽을….

우리는 언제든 몰락할 수 있다.
언제든 침략당할 수 있다.
우리가 역사에서 저지른 잔혹한 짓은
언제든지 익숙한 모습으로
우리에게 돌아오리라.

우리는 영원한
승자가 아니다.

이것을 기억하며 좀 더 세부적인 내용으로 가겠습니다. 웰스는 특징이 굉장히 뚜렷한 작가입니다. 지금 말씀드리는 내용은 『투명인간』의 특징이면서 동시에 웰스 작품의 전체적인 특징이기도 합니다.

그건 바로,
간결함과 **냉정함**입니다.

웰스의 장편들을 쭉 훑어볼까요?
와! 전부 얇습니다! 독서 초보자도
겁이 안 나는 두께죠. 하도 얇아서
축약본도 필요 없어요.

왜 이리
얇을까요?

최소한의 말만 하고 딱 끝내버리기
때문입니다. 작중에서 어떤 인물
이 죽었다고 칩시다.

대부분의 작가들은 여기서 감정 이입을 하며 묘사도 길게 끌어줍니다.

으아앙

결국 그는 그렇게 죽고 말았던 것이다! 으아아아! 으아아아! 으아아아아아!

하지만 웰스는,

죽었다.

이걸로 끝입니다.

절대 과장이 아닙니다. 『투명인간』에서 그리핀 아버지가 자살했다는 대목은 딱 한 문장으로 끝나버려요.

아버지는 결국 자살하고 말았어.

파트 끝!

웰스는 모든 비극에 공정합니다. 공정하게 무심합니다. 항상 짧고 냉정하게 끝내 버리죠.

이처럼 같은 내용도 작가의 스타일에 따라 그 분량이 천차만별로 달라집니다. 만약 『투명인간』의 서사를 빅토르 위고가 썼으면 1,000페이지로 늘었을 겁니다.

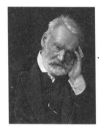

아예 날 TMI의 표본으로 쓰고 있구먼.

하지만 이렇게 툭툭 짧게 짧게 던지는 내용이 결코 가볍진 않습니다.

실험당한 동물이 많이 아파하더라고.

가족은 자살했고 나는 평생 우울했어.

그러니까…

마음이 여리고 감정 이입을
잘하고 상처를 잘 받는 분은
웰스의 작품을 피하세요.
진지한 충고입니다.

물론 저는 좋아하지만요.
SF 작가 중에서 '최애'입니다.

뭐랄까, 나쁜 남자에게
매력을 느끼는 것처럼
한번 웰스의 스타일에 빠지면
그 냉정한 섹시함에서
헤어날 수가 없습니다.

굳이 이렇게 광범위하게 분석하는 이유는, 웰스의 나머지 작품들을 단독으로 리뷰할 일이 더는 없을 것 같기 때문입니다.

그래서 나머지 작품들을 간단히 소개하고 넘어가겠습니다.

이미 리뷰한 『타임머신』과 『투명 인간』 외에, 장편으로는 『우주 전쟁』과 『모로 박사의 섬』이 있으며, 여기에 추가로 현대문학에서 나온 두꺼운 단편집이 있습니다.

『우주 전쟁』은 앞에서 이미 소개했죠? 비교적 순하고 깔끔한 명작이라 입문작으로 추천합니다. 『모로 박사의 섬』은 한 매드 사이언티스트가 외딴섬에서 동물들을 이용해 반인반수 사회를 만드는 내용입니다. 종교와 식민 통치, 동물 실험을 동시에 풍자하는 명작이지만 상당히 잔인하므로 주의를 요합니다.

웰스 특유의 톡톡 튀는 아이디어와 매운맛 전개를 한데 모아 즐기고 싶으시다면, 단편집이 답입니다. 싸늘하고도 인상적인 이야기들이 여러분을 즐겁게 해줄 것입니다.

읽다 보면 산업이 한창 발달하던 시기, 식민지를 개척하던 시기를 간접 체험하는 느낌이 들죠.

예시1 말도 잘 못 하는 흑인 조수가 나쁜 주인한테 핍박받다가 멋진 발전기를 숭배하며 스스로 산 제물이 되는 이야기.

예시2 미개하고 신성치 못한 동양인으로부터 보물을 가로채다가 몸에 독이 퍼져서 다 죽는 이야기.

몇몇 단편은 러브크래프트가 연상될 만큼 매운맛 인종 차별을 보여주긴 합니다.

그나마 웰스는 식민 지배를 꾸준히 비판했기 때문인지 백인 캐릭터도 나쁘게 나와요.

뭐, 근데 이 뒤떨어진 맛에
옛날 작품 보는 거 아닌가요?
저는 그렇긴 한데!

하하

시간을 이동하게 하는 기계, 투명
해지는 인간, 지구를 침략하는 외
계인, 동물 실험을 하는 과학자…
하나같이 지금은 너무 유명하고 식
상한 소재들입니다. 한 작가가, 장
르 공식이 제대로 정립되기도 전에
이토록 많은 족적을 남겼습니다.

그래서 말도 덩달아 많이 해버렸죠.
조금 길었지만 부디 여러분께
즐거운 시간이 되었기를 바랍니다.

저는 다음 원고를 그리기 전에
웰스의 짧은 장편들을 한 번 더
읽으러 가야겠습니다!

Behind Story

　아마 허버트 조지 웰스는 SF가 따뜻한 장르라고 생각하는 사람들에게 가장 정면으로 반박할 수 있는 작가일 것입니다. 그의 공상은 차갑고 날카로우며, 항상 현실에 대한 냉정한 통찰을 담고 있습니다.

　애석하게도 제가 어릴 때만 해도 고전문학을 완역본으로 접하기는 어려웠습니다. 원저자 이름 또한 풀 네임으로 쓰이지 않은 경우가 많았습니다. 그때 읽은 『투명인간』 번역본에는 작가 이름이 '웰스'로만 적혀 있었죠.

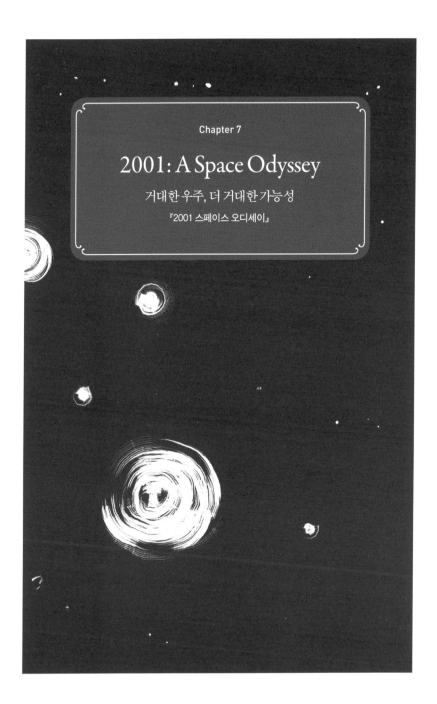

Chapter 7

2001: A Space Odyssey

거대한 우주, 더 거대한 가능성

『2001 스페이스 오디세이』

1968년 같은 시기에 아서 클라크는 소설을, 스탠리 큐브릭은 영화를 통해 이 장대한 서사를 구축했습니다.

당신이 원고 승인을 안 해줘서 소설 출간이 늦어지고 있어요, 스탠리.

일부러 꾸물대는 건 아니에요, 아서.

ㄹㅇ??

텍스트와 영상이라는 매체 차이, 그리고 두 사람의 스타일 차이 때문에 세세한 차별점은 있습니다만… 두 작품 모두 지극히 거시적인 SF 서사라는 점은 같습니다.

다만, 사람들이 대부분 영화판의 뼈다귀 연출 외에는 말을 잘 못 하는 데에서 알 수 있듯이…

막 스펙터클하고 숨 막히고 대중적인 서사는 아닙니다. 물론 영화가 흥행하긴 했지만 보신 분들도 지루하다는 데 동의하실 거예요.

관람 전 맥주, 안주 충전은 필수!

이이이이이 이이이이이.

큐브릭 감독이 느린 호흡, 그리고 음악과 이미지에 집중한 결과였죠. 소설판을 쓴 클라크는 클라크대로 섬세한 기술적 설명, 그리고 거시적이고 모호한 서사에 집중했습니다.

빈틈없는 서술 최대로!

그 결과, 명작이긴 하지만 친구끼리 재미나게 볼 그런 작품은 결코 아니게 되었습니다.

어… 음… 와아….

아무래도 소설 리뷰 만화니까 줄거리 설명은 아서 클라크의 소설을 기반으로 하겠습니다. 지금부터 말씀드릴 부분은 이야기의 큰 줄기입니다.

줄기는 크게 세 단계로 나뉩니다. 한 원시인 인류의 시점, 현대인인 플로이드 박사의 시점, 그리고 디스커버리호 승무원인 데이브의 시점입니다.

인류가 아직 원숭이 인간이던 시절, 지구에는 미지의 지성체가 보낸 기기가 도착합니다.

사냥도 못 하고 하루 벌어 하루 겨우 먹고살던 시절이었죠. 그때 그 기기는 원숭이 인간들의 잠재력을 측정합니다.
과연 그들이 더 나은 지성체로 진화할 가능성이 있는가? 지성체가 조사할 사항은 이것이었습니다.

우호

우호

그리고 부족의 리더 격인 인간에게 어떤 발전 욕구를 일으키죠. 그는 어느 때보다 강렬하게 배부르게 살고 싶다는 욕구, 지금보다 나아지고 싶다는 욕구를 느낍니다.

결국 그들은 달라집니다. 처음으로 도구를 쓰기 시작하고, 돼지 등을 사냥해서 먹기도 합니다.

그다음엔 뭘 해야 할지 아직 몰랐지만…

곧 뭔가 생각이 날 터였습니다.

그다음에는 시점이 변화해 21세기로 장면이 바뀝니다. 달에서 아이도 낳고 살고, 우주용 여객기도 운행하는 최첨단 시대죠. 현실의 2001년은 안 이랬는데 뭔가 과대평가됐군요. 아무튼 이런 시대에 헤이우드 플로이드 박사는 극비 임무를 띠고 홀로 달에 갑니다.

한 명뿐인 승객이지만 기내 서비스는 다 그대로예요!

대체 무슨 '개꿀잼' 뉴스를 숨기려고 했는지 미국 기지에서 전염병이 돈다는 소문을 퍼뜨려 외부 개입을 전부 막아버리고 있었죠. 플로이드 박사는 기자들을 힘들게 뿌리치며 달까지 갑니다. 사실 이 사람도 이 시점에선 별로 아는 게 없기 때문에 말해줄 것도 없었습니다.

근데 박사님, 제 약혼자도 기지에 있는데 전염병은 괜찮...

전염병 그딴 거 없... 아니, 괜찮을 겁니다.

플로이드 박사님! 대체 왜 달에 가시는 거죠?

나도 모르... 아니, 극비 사항입니다.

달에 가서야 정식으로 들은 정보는... 너무 충격적인 내용이었죠.

실은 박사님, 달의 특정 지역에 엄청난 자성을 띠는 부분이 있었어요. 좀 이상해서 몇 미터 파내니까...

우리,

우리는…

그로부터 몇 년이 지나,
무대는 토성 조사를 위한
우주선으로 이동합니다.

저흰 역사상 처음으로
토성까지 여행을 하고 있어요.

16억 킬로미터를 날아가야 하고,
정상적으로 귀환한다면
7년 후에 지구로 돌아가겠죠.

당연하지만 외로움 타는 사람,
폐소 공포증 있는 사람,
배우자가 있는 사람은 이번
조사단에서 제외되었습니다.

조사단 다섯 명 중
세 명은 토성에 가서야
동면에서 깨어날 거고,

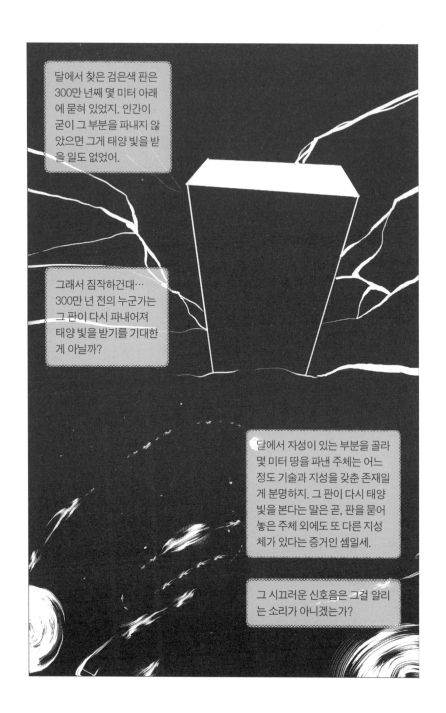

달에서 찾은 검은색 판은 300만 년째 몇 미터 아래에 묻혀 있었지. 인간이 굳이 그 부분을 파내지 않았으면 그게 태양 빛을 받을 일도 없었어.

그래서 짐작하건대… 300만 년 전의 누군가는 그 판이 다시 파내어져 태양 빛을 받기를 기대한 게 아닐까?

달에서 자성이 있는 부분을 골라 몇 미터 땅을 파낸 주체는 어느 정도 기술과 지성을 갖춘 존재일 게 분명하지. 그 판이 다시 태양 빛을 본다는 말은 곧, 판을 묻어 놓은 주체 외에도 또 다른 지성체가 있다는 증거인 셈일세.

그 시끄러운 신호음은 그걸 알리는 소리가 아니겠는가?

자, 이 정도만 보여드리겠습니다! 보시다시피 굉장히 웅장하고 거시적인 내용입니다.

이것은 머나먼 우주로 지성체를 찾아 떠나는 장대한 서사입니다. 인간 입장에서도, 외계 생명체 입장에서도요. 비록 이야기는 플로이드 박사 중심으로 시작하지만, 사실상 진정한 주인공은 데이비드 보먼(데이브)입니다.

2010
2061
휘이 휘이
3이

그 대신 플로이드 박사는 후속작에서 질리도록 나와주니 괜찮습니다! 후속작 자체가 안 나왔으면 더더욱 좋았겠지만요!

물론 여행은 결코 순탄치 않습니다. 하지만 데이브는 훌륭한 우주인답게 대처하죠. 그는 마침내 토성계에 당도하고 인류 최초로 지구 밖 지성체와 조우한 사람이 됩니다.

세상에⋯.

그 모든 과정을 독자는
조용히 목도합니다.

별들이
가득 차 있어!

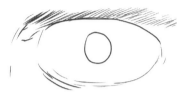

오디세우스의 이야기를 목도하던
고대인들처럼 말이죠.

이미 말씀드렸듯 이 작품은 소
설과 영화, 둘 다 존재합니다.
그래서 이런 질문을 하실 분도
많을 것 같습니다.

책이랑 영화랑
내용 차이가 있나요?

그래서 특징 설명은 영화와 소설을
비교하는 방식으로 하겠습니다.

뭐 굵직한 서사는 비슷해요.
근데 세세한 부분에서
차이가 있습니다.

영화판에서는 플로이드에게 어린
딸과 아내가 있다고 설정했지만,
소설판에서는 10여 년 전에 아내
와 사별하고 혼자 아이들을 키웠
다는 식으로요. 따라서 우주 정거
장에서 통화하는 대상도 다릅니
다. 영화판에서는 어린 딸한테 전
화해 생일도 축하하고 귀여워하
지만, 소설판에서는 도우미한테
업무상 메시지만 남겨두죠. 말하
고 보니까 소설이 되게 꿈도 희망
도 없군요.

가장 눈에 띄는 차이점은 소설에
서는 토성, 영화에서는 목성에서
클라이맥스가 전개됩니다. 참고로
작품이 나온 뒤 보이저호에 의해
토성 연구가 이루어졌습니다. 따
라서 영화에서 토성을 표현했다면
잘못 표현되었을 거라고 하네요.
근데 단지 장소만 다를 뿐 서사가
확 바뀌거나 하진 않습니다.

소설 후속작에서는
영화의 설정을 따라
목성에서 이야기가 진행됩니다!

그리고 결말부의 진행과 연출이
좀 다릅니다. 이 부분은 스포일
러라서 말하진 않겠습니다. 개
인적으로 영화 쪽 연출이 좀 더
인상적이었습니다.

사실 영화 쪽 연출은 하나하나 다 인상적입니다. 진짜 죽도록 지루할 뿐이에요. 우주를 배경으로 흐르는 클래식 음악이라든지, 느린 호흡으로 미래의 기술을 표현하는 부분이라든지, 하나하나 참 멋집니다. 진짜 죽도록 지루할 뿐이에요.

특히 인공지능 HAL과 데이브의 갈등 연출은 정말이지 강렬하고 세련됐습니다. 진짜 미치도록 지루할 뿐이죠!

앞서 말씀드렸듯 큐브릭이 이미지와 음악 위로 연출한지라 더 지루한 결과물을 낳았습니다. 서사 자체도 큰 사건이 다소 단조롭게 큰 파도처럼 이어지고 말이죠. 최근 할리우드 영화에 익숙하시다면 정말 견디기 힘드실 수 있습니다.

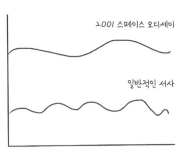

ㄥOO1 스페이스 오디세이

일반적인 서사

그래서 개인적으로 소설을 먼저 읽으시길 추천합니다.

보통은 같은 작품으로 영화와 소설이 다 나와 있다면 영화 쪽을 먼저 보라고 권합니다. 책은 대부분 읽기 힘들어하잖아요.

근데 〈2001 스페이스 오디세이〉만큼은 예외입니다. 이건 차라리 책이 낫습니다. 최소한 책은 아서 클라크의 기술적인 설명과 상세한 묘사 덕분에 처음부터 끝까지 온전한 이해가 가능합니다. 책을 다 본 다음에 영화를 보면 이해도 쉽고 내용 비교도 가능해서 훨씬 덜 지루합니다.

이 문장이 확실한가요?

내가 쓴 것이니까 확실합니다.

영화만 보면 아예 내용 이해가 안 되나요?

영화는 대사 없이 이미지로만 연출한 부분이 많을뿐더러 큐브릭 감독은 일부러 여러 해석이 가능한 방향으로 만들었습니다.

그래서,
예. 이해하기 힘듭니다.
솔직히 소설 안 봤으면 저게
뭔 소린가 하고 끝냈을 것 같습니다.
클라크 님이 저를 살렸습니다.
저는 역시 텍스트에 최적화된
인간이었습니다.

혹시 조용한 연출이나
다양하게 해석되는 거 좋아하시면
그냥 영화 보세요. 저는 제발 좀
설명해줬으면 해서
책의 손을 들어주겠습니다.

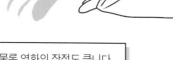

물론 영화의 장점도 큽니다.
1960년대에 상상한 미래 세
계를 영상으로 접하는 건 대
체 불가능한 장점입니다.

지금 봐도 세련된 휴게실 인
테리어라든지,

현재의 아이패드와 비슷한
뉴스패드.

중력 없는 곳에서 서비스해야 하니 찍찍이로 된 바닥을 걷는 승무원들.

저 중에는 책에도 언급된 것도 있고 영화에서만 묘사된 것도 있습니다.

어느 쪽이든 현재의 기술과 비교해보면 쏠쏠한 재미를 느끼실 수 있습니다.

이게 고전 SF의 묘미!

작중의 기술 중에는 뉴스패드처럼 현실에서 비슷하게 구현된 것도 있고, 우주 정거장의 공중전화 박스처럼 1960년대 상상력의 한계가 보이는 부분도 있습니다. 아마 우주여행이 실현된다면 공중전화 같은 건 당연히 없을 테고 우주 전용 유심 칩 같은 걸 쓰지 않을까 짐작해봅니다.

과도기에는 잠깐 존재할 수도 있으려나요?

하지만 뭐니 뭐니 해도 가장 혁신적인 것은 인공지능 HAL의 존재입니다. 1960년대에 이렇게 고차원의 인공지능 캐릭터를 만들다니 정말 대단하죠. 데이브와 HAL의 치밀한 갈등 연출은 절대 잊지 못할 것 같습니다.

앞에서 슬쩍 언급했지만 아서 클라크는 굉장히 글을 건조하고 딱딱하게 쓰는 SF 작가입니다. 그래서 약간 과할 정도로 기술 설명을 철저히 해요. 등장인물 역시 독자 자존감을 떨어뜨릴 만큼 유능한 사람들입니다.

저는 이미 학부생 두세 명을 합친 만큼의 지식을 보유하고 있지만, 앞으로도 계속 뭔가를 공부할 작정입니다. 제가 전공한 일반 우주비행학은 아이큐가 130대 전반이고 어느 한 분야에서 전문가가 되지 못할 사람들을 위한 학문이었습니다. 결국, 그건 옳은 선택이었죠. 덕분에 저는 지금 HAL의 도움을 받아 우주선 내부의 모든 문제를 혼자서 처리할 수 있습니다. 물론 휴식 시간도 좀 있는데 그때는 주로 도서관에서 이미 아는 지식을 확인합니다.

그렇구나.
난 그런 거 못하는데….
난 쓰레기야.

호불호가 갈리는 요소지만, 어찌 보면 이런 작가여서 '스페이스 오디세이' 같은 작품을 써낸 거 아닐까요? 제목부터 '오디세이'이지 않습니까. 온 바다를 여행한 오디세우스처럼 우주를 여행하는 지성체의 이야기이니, 기술적 내용이 많은 건 어쩔 수 없는 결과일지 모릅니다.

이번엔 장단점을 딱딱 짚기보다는 그냥 특징을 뭉뚱그려 이야기했습니다. 비록 저는 『2001 스페이스 오디세이』만을 리뷰했지만…

사실 이 소설은 4부작 중 1부에 불과합니다. '스페이스 오디세이' 시리즈는 총 네 개가 있습니다. 클라크 옹이 후속작 안 쓴다며 고집부리다 뒤늦게 하나씩 내놓았죠. 다행히 황금가지가 시리즈를 전부 번역해준 덕분에 편히 볼 수 있습니다.

이 후속작들 내용을 간략히 말씀드리자면 『2010 스페이스 오디세이』는 플로이드 박사 및 동료들이 데이브와 HAL의 행방을 찾으러 우주로 나가는 이야기입니다.

와ㅋㅋ 연하의 미인 아내랑 재혼하고 어린 아들도 생겼는데 굳이 또 우주로 나가야겠다, 그쵸?

이것까지도 굳이 오디세우스 따라 한다, 그쵸?

『2061 스페이스 오디세이』는 노인이 된
플로이드 박사가 핼리 혜성을 보러 또다
시 우주에 가는 이야기입니다. 그 와중
에 플로이드 박사의 손자가 탄 우주선이
목성의 위성에 불시착하죠. 혜성을 보
러 간 일행은 얼떨결에 불시착한 우주선
을 구하게 됩니다.

『3001 최후의 오디세이』에서는 그간 조
연에 불과했던 프랭크 풀이 주인공이 됩
니다. 1,000년 뒤의 미래를 살아가게 된
프랭크는 혼란에 휩싸입니다. 전체적인
서사는 '프랭크의 우당탕탕 31세기 적응
기+인류 구하기 프로젝트' 정도입니다.

뭐야, 미친.
여긴 어디야.

데이브랑 HAL은
어디 갔어…?

후속작들을 최대한
스포일러 피하면서 요약하면
이렇습니다.

그런데 여러분…

3001
2061
2010

그… 지극히 개인적인 의견을 말씀드리자면요….

그냥『2001 스페이스 오디세이』만 보시는 게 좋습니다.

저 후속작 3개는 서사부터가 불필요한 것투성이고요. 무엇보다『2001 스페이스 오디세이』에서 클라크가 보여준 빛나는 장점들이 전부 빠져버렸습니다. 건조함, 압도감, 조용함, 엄숙함, 진중함. 이러한 매력 요소가『2010 스페이스 오디세이』부터는 이상하리만치 보이지 않습니다. 문체는 확 가벼워졌고, 등장인물은 경박해졌습니다.

기묘하게 스위트해진 플로이드.

허허, 언제나 사랑하오, 여보!

집착하는 전 남친 데이브.

아니, 혹시 지금 있는 애가 남편 애가 아니고 내 애 아닌가 해서. 아, 그냥 궁금해서 그래.

물론 좋아하는 분들도 계십니다. 사람마다 느끼는 건 다르니까요. 근데 제가 굳이 이런 얘길 하는 이유는,『2001 스페이스 오디세이』의 팬으로서 너무나 상처받았기 때문입니다.

항례 반대파 여성과 데이트하다가 포경 수술 한 거 들켜서 차인 프랭크.

다 꺼져.

굉장히 하고 싶은
말이 많지만,
그냥 안 하겠습니다.

『2001 스페이스 오디세이』만
보서도 전혀 지장이 없습니다.
이 정도만 하겠습니다.
정말 역사에 남을 명작입니다.
이건 꼭 보세요.

근데 어쩌죠…
저는 지금 상처가 크다 못해
제정신이 아니라서, 앞으로는
클라크 소설 못 볼 것 같….

잠깐!

Behind Story

이번 편은 반은 책 리뷰, 반은 영화 리뷰가 되고 말았습니다. 저는 평소에 영화를 즐기지 않지만 고전 소설을 영화로 만든 작품은 종종 찾아서 봅니다. 원작을 심하게 각색하지 않았다면 말이죠.

이번 편의 데이브 역시
영화 속 배우를 많이
참고하여 그렸습니다!

아무래도 주로 옛날 작품을 읽다 보니, 영화 역시 옛날에 만들어진 것을 선호합니다. 최근에 만들어진 것들은 호흡이 너무 빠르고 화려해서 고전적인 느낌이 안 나더라고요.

그런 의미에서 <2001 스페이스 오디세이>는 모범적인 사례입니다. 애초에 영화와 책이 동시에 제작됐으니까요.

단점을 꼽자면,
책에 비해 데이브가 너무
무감정해서 위화감이 들었습니다.
소설에선 그래도 사람 같았는데
영화에선 감정 표현을
너무 안 했죠. 우주인은
이래야 하는 건가?

속편에 대해서는 의견이 많이 갈리는데요. 『2010 스페이스 오디세이』까지는 그래도 명작이라는 의견이 많습니다. 저도 이때까지는 그나마 잘 봤던 것 같습니다만⋯.

혹여나 리뷰 보고 기분 상하셨다면 죄송합니다. 그래도 저는 여전히 클라크를 많이 좋아합니다.

좋아하신다면 얼마나?

⋯

얼마 전에 클라크가 시간 여행을 통해 현대로 와서 비밀 임무를 수행하며 저를 조수로 써주는 꿈을 꿨습니다.

두
근

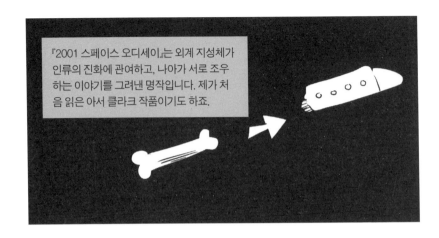

『2001 스페이스 오디세이』는 외계 지성체가 인류의 진화에 관여하고, 나아가 서로 조우하는 이야기를 그려낸 명작입니다. 제가 처음 읽은 아서 클라크 작품이기도 하죠.

그 후유증에서 벗어날 즈음 도전했습니다.

『유년기의 끝』!

1953년, 클라크는 이미 인류와 외계 문명이 접촉하는 특유의 클리셰를 확립했습니다. 그리고 700여 년이 지난 오늘까지 장르 문학 팬들에게 영향을 미치고 있죠. 직접 책을 읽었든 읽지 않았든 말입니다.

아, 그렇구나. 완벽히 이해했어 (이해 못 했음).

나무위키로 내용 요약만 줄창 보던 시절.

잠시 눈을 감고, 또 다른 지성체가 존재한다고 상상해봅시다. 꼭 나쁜 일은 아닙니다. 더 이상 인류가 이 거대한 우주에서 혼자가 아니니까요.

하지만 만약 그들이 인류보다 훨씬 더 발전한 어떤 정체 모를 종족이라면 어떨까요? 그리고 그들이, 우리는 이해 못 할 이유로 우리를 '성장'시키려 한다면 어떨까요?

별로 두꺼운 책도 아니어서 이틀 만에 다 읽었는데… 음….

본편 분량만 보면 400페이지도 안 된다!

누군가는 이 소설을 순전히 재미로 즐길 것입니다. 하지만 누군가는 냉전 시대의 위험한 상상이라 생각할 수도 있죠.

참고로 제 경우는 어땠냐면…

오지랖이 과한데?

뭔가 엔딩쯤 가서 냉정해졌는데요.

아니, 전반적으로 겁나 찜찜해 이거.

이것저것 다 섞인 미묘한 감정이었습니다. 개인적으로는 '스페이스 오디세이' 쪽이 좀 더 취향이었죠. 솔직히 두 작품이 매우 비슷해서 약간은 실망했습니다.

네놈은 바라는 게 너무 많아. 얌전히 오버로드가 얼마나 유능한지를 보고 감탄했어야지!

물론 명작은 맞아요. 이때 제가 클라크 스타일에 아직 적응이 덜 돼서 그랬던 것 같습니다.

하지만! 그것과 별개로 좀 할 말이 있는 작품이었습니다. 자세한 건 줄거리 요약 후 말씀드릴게요.

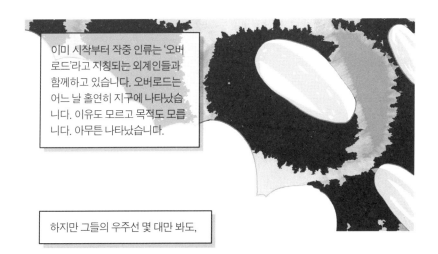

이미 시작부터 작중 인류는 '오버로드'라고 지칭되는 외계인들과 함께하고 있습니다. 오버로드는 어느 날 홀연히 지구에 나타났습니다. 이유도 모르고 목적도 모릅니다. 아무튼 나타났습니다.

하지만 그들의 우주선 몇 대만 봐도,

금속 외피로 만들어진 평범한 우주선이야.

그냥 뭐 태양도 잠깐 없앨 수 있고 원자폭탄도 무력화하는 평범한 우주선이지.

그리고 그들이 완벽하게 써 내려간 영어 메시지만 봐도, 그들의 문명이 인류가 어린애로 보일 만큼 터무니없이 발달했다는 걸 알 수 있었습니다.

Perfect English

하지만 그들이 끝까지 자기들
외모조차 공개 안 한다면
세계 정부에 대한 반발도 커질 겁니다.

…

저희 종족의 본모습이요?
당연히 공개할 겁니다.

50년 후에요.

…그때 되면 난
살아 있지도 않겠군요.

어쩔 수 없습니다.
다 계산된 것입니다.

사무총장 스톰그렌은 오버로드의 한없는 유능함과 미심쩍은 겉모습을 마음속에 간직한 채 말년을 보냅니다.

캐렐런을 비롯한 오버로드들은 약속대로 50년 후에 모습을 공개했으며…

어떤 모습인지는 말 안 하겠습니다. ㅎ

직접 보세요! 이 부분은 직접 읽으셔야 제가 느낀 소름 돋는 기분을 그대로 경험하실 수 있으니까요.

지구는 계속해서 그들이 통치합니다. 이제 세상은 유토피아가 되었습니다.

흉악 범죄는 모습을 감춘 지 오래입니다. 생산 활동은 로봇들이 하고, 사람들은 원하는 일만 하며 걱정 없이 살아가게 되었습니다.

정말 인류를 그들이 이끄는 게 맞는 일일까?

『2001 스페이스 오디세이』에서 그랬듯 서사는 웅장하고도 단조롭습니다. 오버로드의 통치하에 인류는 점점 세대를 이어갑니다.

100년 후

나중에 태어난 사람들은 외계인의 우주선이 상공에 떠 있는 것도 달이 떠 있는 것만큼이나 당연하게 여기죠.

이 부분을 보면서 정말 별별 생각을 다 했습니다. 인류가 다른 무언가의 보살핌을 받으며 유토피아가 되는 미래. 과연 이게 옳은 것일까요? 미래에 이것과 똑같은 상황이 실제로 벌어진다면 어떨까요? 사람들이 결국에는 이 책처럼 가랑비에 옷 젖듯 오버로드의 지배를 받아들이게 될까요?

근데 받아들이게 된다면 그건 그것대로 무서운 거 아닐까요?

아니, 오버로드의 지배가
평화와 풍요를 만들었다고는
하지만…

얘네는 인간이 아니잖아?
결국 모양새만 좋을 뿐이지 외계인한테
식민 지배를 당하는 내용이잖아?
게다가 이렇게 길든 인류가 어느 날
오버로드가 떠나버리면 자립할 수 있겠어?
이걸 좋다고 해야 해…?

참고로 이후 줄거리는 제 예상을 상당히 빗나갔습니다.

어…?

스포일러 주의

오버로드의 진짜 목적이 드러나면서 말이죠. 제목이 '유년기의 끝'인 이유도 여기에 있습니다.

우리는 인류의 유아기를 끝내러 왔다.

오버로드가 인류를 그간 간접 통치한 까닭은 인류를 유년기에서 벗어나게끔 하기 위해서였습니다. 진화적인 유년기에서 말이죠.

의도만큼은 순수했습니다. 오버로드는 자신들이 닿을 수 없는 높은 경지로 인간들을 진화시키려 한 것입니다.

전개가 이런 데다 작중에서 오버로드는 딱히 악한 종족이 아닌지라, 클라크는 이 작품을 쓰고서 식민 통치를 옹호하냐고 비판을 받았답니다.

저도 그 생각이 들긴 했어요. 식민 통치라기엔 후반부가 너무 공상적으로 되어버리지만. ㅎ

이 시기는 오버로드 시대 이후에 출생한 여러 인물이 주축이 됩니다. 인종 차별도 사라진 유토피아라서 그런지 이 중 몇 명은 흑인 혼혈입니다.

그리고 이 작품의 실질적 주인공인 '잰'은 고전에서 극히 드문 흑백 혼혈 주인공이죠. 잰은 오버로드로 인해 우주로의 진입이 막힌 것에 불만을 품습니다. 그리고 오버로드의 고향을 학자로서 궁금해합니다.

오버로드 측이 직접 억압한 건 아니지만, 그들의 너무도 뛰어난 모습에 허무감이 들어서인지 우주 개발이 사실상 중단되어버렸어….

새 시대를 여유롭게 살아가는 진과 조지 부부도 빼놓을 수 없습니다. 이들은 과거의 생활 양식에 대한 향수로 한 섬에 들어갑니다.

여기선 요리도 직접 해야 해, 조지?

그리고 그 안에서 공동체적인 결혼 생활을 합니다. 이 부부의 아이들은 오버로드의 목적대로 진화한 첫 세대가 됩니다.

잰의 누나와 그 남편인 괴짜 애서가 루퍼트도 빼놓을 수 없습니다. 작중 루퍼트의 서재는 워낙 방대해서 오버로드가 직접 보러 올 정도인데요. 독서광으로서 부러웠습니다.

이 모든 주요 인물은 오버로드까지 참석한 집들이 파티에서 서로 만납니다. 이 파티는 후반부의 시작을 장식하는 무대와도 같죠.

줄거리 설명은 이쯤에서 끊겠습니다. 저는 이 작품을 읽으면서 '스페이스 오디세이'랑 아주 비슷하다고 생각했는데요.

실제로 둘 다 지적으로 우월한 어떤 외계 생명체가 인류를 간섭하고 인류의 진화 방향을 조작하는 내용입니다. 이건 공통점이죠.

다시 말해 두 작품 다 외계인이 인류한테 오지랖 부리는 내용이다, 이 말입니다.

하지만 중요한 차이가 있습니다. '스페이스 오디세이'에서의 오지랖은 『2001 스페이스 오디세이』에 한정되었고, 매우 간접적이고 단발적이었습니다. 반면, 『유년기의 끝』은 엄청나게 본격적이죠.

내용을 정리하면 결국, 가만히 있던 인류에게 외계인이 먼저 다가와서 간접 지배를 마음껏 하고, 막판에는 인류의 의사를 묻지도 않은 채 생물적으로 진화시켜버리는 겁니다.

아니 우리는… 이런 거 원하지 않았어….

두 작품을 연달아 읽은 입장에서는 생각할 수밖에 없었습니다. '인류는 이렇게나 수동적인 존재인가?'

아서 클라크의 대표작들은 '외계의 장엄함을 목도하는' 내용입니다. 그리고 개개인은 캐릭터라기보단 한낱 유기체로 묘사되죠. 이런 특성이 어우러져…

'혹시 이 작가는 인간을 외계 지성체가 이끌어야 하는 미개한 존재로 생각하는 걸까?' 라는 생각이 들었습니다.

근데 이런 의심 받을까 봐 서두에 미리 딱 써놨네요? 자, 아니라고 합니다, 여러분!

이 책에서 주장하는 내용은 작가의 의견이 아닙니다.

하지만 수동적인 모습을
젖혀놓고 봐도 문제가 있습니다.

작중에서 오버로드는 인류를
위해서 왔다고 계속해서 강조합니다.

구원을 위해 인류에게
다가온 외계인이라는 발상은
지금 봐도 충격적이죠.
당연히 외계 생물은
무서운 괴물이고 '적'이어야
할 것 같은데 말입니다.

근데… 과연 이들이 말하는
구원이 정말로 구원일까요?

오버로드인 캐렐런과 인간인 스톰그렌의 우정은, 동등한 관계라기보다는 사람과 애완견 사이의 우정에 가까웠고,

잰은 인간이 우주 탐사를 포기한 시대에 실망하다가, 결국은 종으로서의 인간이 절멸하는 것을 봐야 했고,

진과 조지 부부는 인류 최후의 세대가 될 운명에 처했으며 자식까지 잃게 되었습니다.

사실상 이건 과정부터 결과까지 전부 비틀려 있습니다. 외계인이 인류를 보살피며 유토피아를 만들어주는 척하다 〈에반게리온〉에 나오는 인류 보완 계획 같은 걸 실현해버리는 거죠.

오버로드가 선한 역이라고 보기엔 그들이 말하는 구원의 기준이 굉장히 이상해요.

진화의 결과가 니체가 말하는 '초인'과 비슷하다고들 하지만 그래도 찜찜한 건 마찬가지····.

그런데 왜 작중에서는 이런 '진화'를 나름대로 긍정적으로 묘사했을까요? 인류 사회의 문제를 해결하려면 인간을 총체적으로 변화시켜 인간이 아니게 만들어야만 한다고 생각했던 걸까요?

World War II   Cold War

2차 대전이 끝난 지 얼마 안 되어 냉전까지 목도하게 된 당시 사람들은 오버로드의 등장을 바랐을까요?

하지만 지금 우리는 알잖습니까. 구원자 외계인이 오지 않았음에도 어떻게든 위기를 넘겨왔다는 걸요.

적어도 인류는 지금까지는 버텨왔습니다. 아예 사회의 모든 것을 근본적으로 해결하려면 유년기를 끝내고 인간의 시대도 끝내야 할지 모르지만, 구태여 그러지 않아도 우리는 지금껏 어떻게든 해결해왔습니다.

그러니… 아직은 좀 더 주체적으로 살아보자고요. 외계인의 무서운 선의에 기대기 전에, 아직은요.

자, 이걸로『유년기의 끝』
리뷰는 대강 마무리가
됐습니다… 만!

아서 클라크의 책을 따로
더 리뷰하지는 않을 것 같으므로
또 하나의 대표작을 소개하며
마치겠습니다.

바로
『라마와의 랑데부』입니다.

이것 역시 외계 문명과의 조우를
다룹니다만, 그 양상은 다소 다릅
니다. '라마'라고 명명된 원통형 비
행체가 태양계에 진입하자 그것
을 조사하는 이야기입니다.

Rama

내부에 도시가 존재하는 원통형 우주선. 어디서 많이 보지 않았나요? 실제로 라마는 이후에 나온 많은 SF 작품의 모티브가 되었습니다. 어느 날 태양계에 진입한 '텅 빈 우주 도시'는 그 자체로 흥미의 중심이 됩니다.

저는 옛날에 읽었던 베르베르의 『파피용』도 생각나더군요. 읽기 쉽고 재밌는 책이니 추천드립니다.

이런 플롯인지라 대표작 세 개 중 외계인의 오지랖은 가장 적습니다. 그저 라마의 정체를 알고자 분투하는 인류의 이야기로 보서도 되죠. 그 장엄한 내부를 직접 탐험한다는 점에서 나름 적극적인 서사입니다.

하지만 인류가 찾아 나선 게 아니라 라마 쪽이 우연히 이쪽으로 온 거잖아?

'랑데부'하려면 뭐 그 정도 우연은 따라줘야 하지 않을까요? ㅎ

약간의 주의점을 정리하며 마치겠습니다.

만약 발랄하고 톡톡 튀는
캐릭터성을 원한다?
다른 작가 보세요.

이리 뛰고 저리 뛰고
온갖 전개가 튀어나오는
촘촘한 서사를 원한다?
역시, 다른 작가 보세요.
아시모프도 좋고
하인라인도 좋습니다.

하나의 작은 존재로서 우주의
위대함, 또 다른 지성의 가능성을
목도하고 싶을 때…

그때 클라크의
작품을 봐주세요.

Behind Story

이번 편은 참 많은 수정을 거듭했습니다. 『유년기의 끝』 자체에 대해서도 생각을 정리하기 어려웠고, 그걸 보충하고자 다른 작품까지 함께 설명했죠. 결말에 대한 판단은 여러분께 맡기겠습니다.

작품이 의도하는 바인지는 모르겠으나 한 가지 떠오르는 생각이 있습니다. 돌이킬 수 없는 여러 일들이 대부분 선의에 의해 벌어진다는 것입니다. 오버로드가 인류에게 행한 일처럼 말이죠.

여담이지만 아서 클라크의 대표작들은 내용을 쉽게 요약할 수 있습니다. 자잘한 서사가 거의 없거든요. 그래서 남에게 소개하기 좋습니다. 우선 상대가 하드 SF 스토리를 들을 준비가 되어야겠지만요.

『유년기의 끝』은 외계인이 인류를 강제로 진화시키는 내용이고, 『라마와의 랑데부』는 원통형 우주 도시를 조사하는 내용이야.

…너무 적당히 말하는 거 아냐?

더 자세히 분석해서 말하자면….

아니, 음… 다른 얘기 해도 돼.

로봇이 처음 만들어졌을 때도,

지금도,

Chapter 9

I, Robot

위험하고 선의로 가득한 미래

『아이, 로봇』

앞으로도.

아이작 아시모프의 소설을 접한 게 이번이 처음은 아닙니다. 어릴 때 온갖 세계 문학이 다 들어간 엄청난 전집이 집에 있었는데, 그중 아시모프의 작품도 있었거든요.

개인적으로 어릴 때 전집 읽는 걸 좋게 봅니다. 당장 저부터가 수혜자거든요.

아무거나 쓱쓱 꺼내 보며 자기 취향 알기도 좋고요.

그것은 영화 〈바이센테니얼 맨〉의 원작 「이백 살을 맞은 사나이」였습니다. 앤드류라는 로봇이 점점 인간을 철저히 흉내 내다 결국 죽음까지 구현하는 내용이었죠. 이걸 어릴 때 읽고서 펑펑 울었던 기억이 납니다.

좀 더 크고 나서야 아시모프가 '파운데이션' 시리즈의 원작자이자 SF 거장이라는 사실을 알았습니다.

아니, SF 단편이 이렇게 눈물 짜낼 건 뭐야.

하긴, 완전히 이과 감성이면 재미없었겠구나(?)

성씨만 보고 러시아인인가 했는데 미국 작가더라고요.
실제로 소련 출신이기는 합니다. 어릴 때 미국으로 이주해 살았으니 사실상 미국인이지만요. 문체도 굉장히 미국적입니다.

범상치 않은 구레나룻 센스.

소련이라는 데서 짐작하셨겠지만, 지명도에 비해 꽤 최근 분입니다. 1920년생이고 1992년에 돌아가셨으니까요.
작고하실 때까지 500여 권의 책을 쓰는 정신 나간 실행력을 보여주셨죠.

아유, 그러게요.
힘든데 뭘 그리 길게 많이 쓰셨어. '파운데이션' 시리즈 일곱 권을 어떻게 다 읽고 리뷰하라고. 하하하하.

이쪽 장르를 조금이라도 아시는 분이라면 '로봇 3원칙'을 들어보셨을 겁니다.
프롤로그에 쓴 인공지능 로봇이 실존한다면 꼭 지켜야 할 3원칙이죠. 이걸 처음 제시한 사람이 아시모프입니다.

특히 1원칙이 엄청나게 중요하죠.

이게 조금이라도 '약하게' 설정돼도 인간에게는 재앙이에요. 저희가 너무 유능한 게 죄죠, 뭐.
ㅎㅎ

그리고 이 로봇 3원칙을 바탕으로 생겨나는 여러 사건, 사고를 그려낸 단편집이 『아이, 로봇』입니다.
원제가 'I, Robot'이라 원래 쉼표가 들어가야 해요. 근데 편의상 '아이 로봇'이라고 쓰겠습니다.

400페이지도 안 됩니다! 입문용으로 매우 매우 좋습니다!

아쉽게도 제가 학창 시절에는
책을 굳이 사 보거나 빌려 보지
않았기 때문에,
위에서 말한 〈바이센테니얼 맨〉
원작 빼고는 이분 작품을 읽을 일이
없었습니다. 그거 하나만 읽어도
이 작가가 진짜로 명작 제조기라는 건
알 수 있었지만요.

왜 안 사 봤냐고요?
집에 있는 거 보느라 바빴고
결정적으로 그땐 아직 그놈의
베르베르한테 빠져 있었어요!

뭐 이분도 『개미』, 『타나토노트』,
『뇌』까지는 참 좋았어요. 물론 지금은
사골을 하도 우려서 맹물 맛밖에
안 나지만요.

그래서 『아이 로봇』도 제목만
많이 들었습니다. 실제로 읽
어본 건 이번이 처음이죠.
국내에선 SF 명작이 잘 번역
이 안 된 경우가 많은데, 다행
히 『아이 로봇』은 읽기 좋은
책이 나와 있었습니다.

참고로 동명의 영화와는 아예 다른 내용입니다. 앞에서 말했 듯 『아이 로봇』 원작은 짧은 연 작들로 이루어져 있고요.

정확히는 액자식 이야기입니 다. 젊은 기자가 수잔 캘빈이 라는 늙은 로봇 심리학자를 인 터뷰하는 내용을 바탕으로 하 거든요.

니를 다 꿰뚫어 보는 기분이야….

기계 신경망 주인님 등장까지 앞으로 30년.

빨리 현실에서도 로봇 3원칙 도입합시다!!

배경은 2057년의 미래 사회입 니다. 그리고 75세인 수잔은 1982년생이죠. 아시모프는 여기에 수록된 단 편들을 1940년대에 차례차례 썼기 때문에 당시에 저 시대는 먼 미래였습니다. 지금은 훨씬 가까워졌네요!

수잔은 일생을 로봇의 발전과 함께한 사람입니다. 하지만 신세대인 기자는 로봇이 없는 사회를 알지 못합니다.
그런 사람이 나이 든 로봇 심리학자로부터 로봇이 어떤 식으로 발전되어왔고, 그 과정에서 어떤 위험과 해프닝이 있었는지를 듣는 형식입니다.

로봇이 없던 시절에는 인간이 혼자 우주를 개척하고 여러 일을 했지요.

교과서로만 본 이야기들이네요….

따라서 이제부터 나오는 이야기들은 하나하나가 완전히 독립적인 내용이 아닙니다. 수잔이 직간접적으로 겪은 일들이니까요. 그녀의 회사 동료들이 고정 멤버로 등장하기도 합니다.

도노반

U.S. 로보틱스

파웰

보거트

래닝

에피소드 순서도 로봇의 역사를 따릅니다. 말도 못 하는 원시적 로봇의 이야기로 시작해, 한곳을 빙글빙글 도는 로봇 이야기도 나오다가…

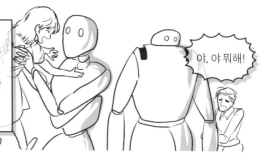

야, 야 뭐해!

이 작품을 모른다는 전제하에 디스토피아를 상상하신 분이 최소 절반 이상은 될걸요?

근데 아닙니다. 아시모프의 단편집에서 로봇은 저 문제의 3원칙을 지고의 신념으로 지키는 존재입니다. 그게 무슨 뜻일까요?

나 좀 구해줘!

넹.

아, 근데 중간에 방사선 있어서 님은 어차피 못 구하고 저도 죽겠네요. 안 감.

야, 이….

인간에게 해를 입히지 않고, 위험에 처한 인간을 반드시 구하고, 그다음에야 자기 자신을 생각하는 게 이 세계관의 로봇들입니다.

왜냐하면 당장 로봇 공학자와 로봇 심리학자부터 로봇의 위험성을 엄청나게 잘 알고 있어서 로봇 만들 때 저 법칙을 뇌 가장 깊숙한 곳에 꽉 심어놓거든요.

1원칙을 아예 없앤 것도 아니라니까? 딱 한 대 로봇에 좀 약하게 적용한 것뿐이라고. 자네 신경쇠약이야….

그게 문제라고요! 우리 다 큰일 났다고요!

로봇이랑 결혼할 것처럼 굴었으면서 여기엔 왜 이리 민감해?

그렇다고 로봇한테 죽거나 지배당하고 싶은 건 아니니까요!

젊은 시절 수잔 박사.

그리고 작중에서 과학은 끊임없이 발달하니 인공 피부와 인공 장기 등이 계속 나옵니다. 후반으로 가면 아예 겉모습이 인간과 구분이 안 가는 로봇도 나와요.

그 로봇은 모든 면에서 인간다움을 모방하면서도 타인의 위험을 절대 지나치지 않고 타인에게 폭력을 행사하지도 않습니다. 언제나 공동체의 평화와 효율을 생각하는 존재입니다.
그리고 고도의 지성으로 필요한 원칙을 적재적소에 활용합니다.

똑똑하고 착한 제가 왔습니다.

그렇습니다. 『아이 로봇』의 미래에서 고도로 발달한 로봇은 매우 훌륭한 인간과 구별할 수 없습니다.

전쟁도 사라졌어.

그 지역 사람들은 빅데이터에 의한 지시로 잠깐 직장을 잃었지만, 곧 다른 일자리를 찾았어.

생산량도 풍족해.

그리고 이런 로봇이 통치하는 사회는 인간을 더없이 배려하고 지속 가능한 유토피아입니다. 이런 결론을 보고,

와… 어… 좋네…?

아니 근데 보통 이런 작품에선 '이롭다'라는 개념을 로봇이 이상하게 왜곡해 이해하든지, 아니면 똑똑한 로봇이 저 원칙을 스스로 뽑아버리든지….

뭐, 뭔가 뒤틀린 결론이 나오지 않나? 정말 저렇게 잘 해결되는 거야?

하고 당황하셨다면,

로봇이 세계를 망치고 인간을 학대하는 작품을 너무 많이 접하셔서 그럴 가능성이 큽니다. 실제로 요즘은 그런 작품이 더 많기도 하고요. 저는 그런 폭력적인 결론만 보고 자란 터라, 『아이 로봇』의 긍정적 결론이 정말 신선하고 좋았습니다.

배터리 갈러 왔어요.

이상하네. 왜 나를 기절시켜서 생체 배터리로 쓰지 않는 것이지?

뭘 본 겁니까, 인간.

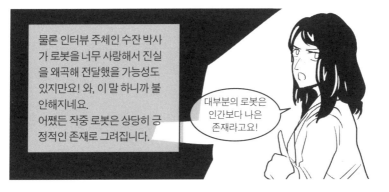

물론 인터뷰 주체인 수잔 박사가 로봇을 너무 사랑해서 진실을 왜곡해 전달했을 가능성도 있지만요! 와, 이 말 하니까 불안해지네요.
어쨌든 작중 로봇은 상당히 긍정적인 존재로 그려집니다.

대부분의 로봇은 인간보다 나은 존재라고요!

사실 이런 낙관적 미래관은 아시모프의 긍정적 사고방식이 낳은 것이기도 하지만 이 작품이 옛날에 나와서 가능했을 수도 있습니다. 1960년대 드라마가 원작인 〈스타 트렉〉도, 여러 외계인과 사이좋게 사는 낙관적 미래를 그리고 있잖아요?

저런 유행을 지나 본격적인 현대 사회로 들어서고 보니 생각보다 기술이 해결 못 하는 문제가 많았고, 증오가 사랑보다 훨씬 강하기에 디스토피아 트렌드가 판치는 것인지도 모릅니다. 아시모프도 2020년대를 살았으면,

빅데이터로 분석한 결과, 인간 스스로 소멸하는 것이 인간에게 가장 이롭다는 판단이 나왔습니다.

뭐 이런 결론 내고 폭발 엔딩 썼을 수도 있어요.

특징 2.
위험과 갈등의 생생한 묘사.

하지만 『아이 로봇』이 마냥 꽃밭 같은 이야기는 아닙니다. 작중에선 로봇에 의한 위험 요소가 계속해서 부각됩니다. 3원칙을 잘 지키는 '머리 좋은' 로봇이 사람의 심리까지 다 신경 쓰느라 조직 관계를 엉망진창으로 만들기도 하고,

내가 승진한다고 했잖아!

그 사람 '여친' 없다고 했잖아!

각자에게 가장 기분 좋은 말을 해준 것뿐이에요….

마찬가지로 머리 좋은 로봇이 인간을 자신보다 열등한 존재로 인식하고 새로운 종교를 만들기도 합니다.

하루의 3분의 1이나 가만히 누워 지내고 몸도 연약한 당신들이 나의 창조자일 리가 없잖아요.

으아아, 어떻게 해야 믿어주는 건데! 로봇 만드는 거 보여줘?!

그건 충분한 증명이 못 돼요.

보시다시피 갈등 규모가 크지는 않습니다. 대체로 우주선 내, 조직 내 갈등으로 끝나고 어찌어찌 해결돼요.
하지만 이런 에피소드는 보는 독자로 하여금 어떤 소름 끼치는 가능성을 떠올리게 합니다.

어쩌면 『아이 로봇』세계관의 결말은 수많은 절망적인 미래를 가까스로 비켜난 기적적 해피 엔딩일지도 모릅니다.
그 '정상적 궤도'를 잠깐씩 벗어날 때마다 젊은 수잔 박사가 불안해서 미쳐 날뛰는 모습이 거의 클리셰 수준으로 나오고요.
이러니저러니 해도 역시 알파고 주인님은 위험합니다.

〈터미네이터〉, 〈매트릭스〉
세계관이 아니라
다행이야···.

특징 3.
매우 평이한 문체.

글이 하도 쉽게 술술 읽혀서
할리우드 영화를 보는 건지
소설을 보는 건지 감이 안 잡힙니다!

물론 아시모프 옹이 잘 써놓은 공이 크지만, 이 연작집은 미국 대중 소설 특유
의 가벼운 문체를 그대로 따르고 있습니다. 특히 듀오 느낌으로 계속 등장하는
파웰과 도노반 파트가 킬링 포인트입니다. 영화 〈마션〉 보는 느낌이에요. 정말
가볍게 웃으면서 보게 됩니다.

왜 우린 신형 로봇만
잔반 처리해야 하는 거예요?
저도 옛날에 외할아버지가
쓰던 믿을 만한 로봇
다루고 싶다고요.

그야 우린 신형 로봇
담당이고 지난 5년간
일 처리를 오지게 잘했거든.

실수하면 수성
광산에서 20년쯤 지내야
하는 게 문제지만.

이러한 가독성과 자연스러운 유
머 덕분에 아시모프가 그리도
사랑받는 것일지도 모릅니다.
많은 SF 작가들이 그의 영향을
받아 소설을 쓰기도 했습니다.

ASIMOV

근데 이 영향이라는 것도 엄두가 나야 받을 수 있거든요. 『타임십』처럼 무지막지한 하드 SF였어 봐요. 그냥 읽고 끝내지, 그거에 영향받아 뭘 쓰고 싶다는 생각도 안 듭니다.

아, 양자역학을 자세히 설명해주려고 하는구나. ㅎㅎ 안 그래도 되는데. ㅎㅎ 아니, 진짜 안 그래도 된다고.

그러니까 제 생각에 아시모프의 단편들은…

좀 만만해 보이는 동시에, 아주 재밌고 대중적입니다.

이 말만 보고 욕하진 마세요. 바로 다음 특징에서 반박 들어가니까요.

특징 4.
뛰어넘을 수 없는 논리 수준.

그렇다고

아, 뭐야.
SF 거장이라더니 해볼 만하네!
나도 따라 써봐야지!

이랬다가는,

쉬운 글 속에 숨겨진 강철 같은
논리에 튕겨 나갈 겁니다.

애초에 그 유명한
로봇 3원칙을 누가 만들었는지
생각하십시오, 인간.

원래 이 말이 이런 의미는 아니지
만, 『아이 로봇』의 단편들은 '외유
내강' 그 자체입니다.
겉은 말랑한 젤리로 뒤덮여 있지
만 그 안에는 단단한 논리와 과학
의 뼈대가 꽉꽉 들어차 있습니다.

logic

이런 사소한 요소에서 거장과 그렇지 않은 사람이 갈린다고 생각합니다. 얼핏 '만만해 보일' 뿐, 실제로는 절대 만만한 글도 아니고 만만한 작가는 더더욱 아닙니다. 단편의 면면에서 이 점이 더욱 잘 느껴집니다.

"브레인이 자료를 받아들이기는 했지만, 사람이 잠깐이라도 죽는다는 건 브레인을 불안하게 만들기에 충분했어요. 그래서 브레인은 그걸 잠시 해학으로 승화해 장난꾸러기가 되었지요."

"사고하는 존재는 남에게 지배당하는 것을 싫어해요. 특히나 인간보다 우수한 점이 많은 로봇이라면…."

"지구로 돌아간다고요? 하긴, 진실보다 환상이 나을지도요. 당신들은 사실 분해되는 겁니다."

그렇다고 메시지가 가볍나? 뭐, 물론 가볍다는 의견도 있긴 해요.

아시모프가 딱히 대단한 메시지를 품고 글을 쓴 것도 아니잖아?

근데 말이죠…

『아이 로봇』을 전체적으로 보면 결국 하고 싶은 말이…

한낱 고철 덩어리가 고도로 발달하면 훌륭한 인간과 구별할 수 없고, 오히려 인간 사회의 공익을 인간보다 더 훌륭히 구현할 수 있다.

You are Monster

일시적인 위안을 주고자 한 거짓말은 결국 모든 것을 망칠 수 있고,

왜곡과 거짓이 나름의 논리를 지니면 때로는 공동체에 이로울 수 있다.

기계가 인간을 잘 돌볼 수 없다고,
친구가 될 수 없다고 누가 말했는가?

기계가 그 누구보다 인도적인
법조인이 될 수 없다고 누가
말했는가?

기계는 무례한 어조를 구별할
수 없다고, 오만해지고자 하는
욕구가 없다고 누가 말했는가?

대체 뭘 기대하셨는지는 몰라도!
이 정도에 만족합시다!
메시지 충분히 깊고 멋있잖아요!

로봇 뽕에 취해서 미칠 것 같네 진짜!

여담이지만, 옛날 작품임에도
주인공이 깐깐한 알파 걸이라
는 점 또한 특기할 만합니다.
작품 내용은 수잔 박사의 일대
기이자 회고록에 가깝습니다.

캐릭터만 보자면
도노반이 더 재밌지만요.

약간 두서가 없었지만
할 말은 다 한 것 같습니다.

결론만 말하자면
아주 잘 쓴 작품입니다!
독서에 취미가 없는 사람에게도
추천 가능합니다!

Behind Story

수잔을 포함한 U.S. 로보틱스 동료들은 항상 위험 속에서 치열하게 대처합니다. '워라밸' 따위 없이 업무에 치이고, 한두 번의 실수조차 허용되지 않죠. 이들의 회사 생활을 보여준다는 점에서 『아이, 로봇』은 의외로 사회 초년생에게 도움이 되는 소설일지도 모릅니다.

U.S. 로보틱스에서 업무적으로는 성공했지만, 수잔 박사는 꽤 외로운 인생을 살았습니다. 한 에피소드에선 짝사랑이 실패로 끝나기도 하죠. 작중에서만 나오지 않았을 뿐, 좋은 애인을 사귀었길 바라봅니다.

아시모프가 많은 작품을 남겼음에도 한국에는 그의 책 중 극히 일부만 번역되었다는 점이 항상 아쉽습니다. 심지어 그중 많은 작품이 같은 세계관을 공유하는데도 말이죠. 아시모프의 세계를 온전히 이해하려면 우리는 원서를 볼 수밖에 없습니다.

물론 저는 시간도 역량도 부족하여 번역서만 보고 리뷰했습니다. 깊은 유감을 표합니다. 마음으로는 항상 존경하고 있습니다.

…

제가 『아이 로봇』을 리뷰할 때
'파운데이션'은 길어도 너무 길다고
이미 말씀드렸죠.

과거의 저는 약해빠졌었군요.
이제 저는 더 이상 분량이 두렵지 않습니다.
『몬테크리스토 백작』?『레 미제라블』?
다 오라고 해요.

소설이 무려 1,200페이지쯤 된다고요?
그래봤자 두 권 분량 아닙니까?

전체가 600페이지라고요?
딱 보니 3일 안에 다 읽겠군요.

저는 무려 일곱 권짜리 SF 대하소설을 다 읽은 몸이란 말입니다. 아시모프 작품 세계의 끝을 봤다 이 말이죠.

사실 엄밀히 말하면 이게 끝은 아닙니다. '파운데이션' 시리즈는 '로봇' 시리즈와 '은하제국' 시리즈의 후속작이거든요. 하지만 두 개 다 현재 제대로 된 정식 출간본이 없다시피 하므로…

Asimov's Robot, Empire, Foundation series

원서를 보실 게 아니라면 저처럼 『아이 로봇』 다음에 바로 '파운데이션'으로 넘어가셔야 할 것 같습니다. 그나마 다행인 건, 이렇게 봐도 이해하는 데 별 지장이 없다는 겁니다.

저더러 원서로 시리즈를 다 독파하라고요? 정신과 시간의 방에 들어가면 가능.

문학 리뷰어라면 영어 원본으로 다 읽어보셔야 하는 거 아닐까요?

본격적으로 리뷰하기 전에 독자분들께 양해를 구해야겠습니다. 제가 지금까지 평범한 장편이나 단편집은 리뷰했어도 일곱 권짜리 대하소설을 리뷰하는 건 처음입니다. 그래서 이걸 정리하는 것도 새로운 도전 과제가 될 것 같아요.

내가···
내가 이걸 요약해야 한다고···?

유감스럽게도 이 책은 대하소설이라는 특성 때문에··· 전권의 뒷부분이 그대로 그다음 권 앞부분의 스포일러가 됩니다. 그래서 줄거리 요약은 거의 가이드라인처럼 뭉텅이로 하도록 하겠습니다.

아서 클라크 작품들 리뷰에서 스포일러 마음껏 해버린 건 괜찮고?

아, 오버로드 외모는 말 안 했다고.

이 작품을 크게 두 덩어리로 나누면 1~3권과 4~7권입니다. 4권부터 작품 분위기가 좀 달라지고 방향성도 새롭게 바뀌죠. 실제로 아시모프가 『제2파운데이션』을 1953년에 출간하고 그다음 작품인 『파운데이션의 끝』이 1982년에 나왔기 때문에 느낌이 다를 수밖에 없습니다. 30년의 시간 차이가 있는걸요.

1권 『파운데이션』
2권 『파운데이션과 제국』
3권 『제2파운데이션』

4권 『파운데이션의 끝』
5권 『파운데이션과 지구』
6권 『파운데이션의 서막』
7권 『파운데이션을 향하여』

하지만 큰 소재는 공유합니다. 바로 심리역사학과 셀던 프로젝트입니다.

Psychohistory

Seldon Project

심리역사학은 해리 셀던이라는 수학자가 만든 가상의 학문입니다. 사회 속 수많은 사례를 모아 방정식을 만들고 가능성이 높은 미래를 예측하는 학문이죠.

그래서 점쟁이 학문이라는 오해도 받지만, 실상은 철저하게 계산적이고 분석적인 학문입니다. 정치, 사회, 경제를 총망라하고 인간 사회 전체를 대입하는 게 특징입니다. 이 점에서 알 수 있듯 심리역사학은 거시적 차원의 예측만 가능하며, 인간 개개인의 행동 예측은 불가능합니다. 개개인의 행동에는 변수가 너무나 많기 때문이죠.

심리역사학 연구하신다면서요? 제가 내일 뭘 할지 예측해주세요.

혹시 너도 심리학 전공자한테 자기 마음 맞혀보라고 하는 타입이냐?

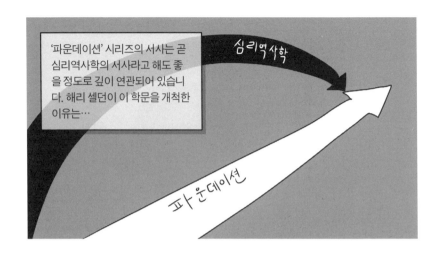

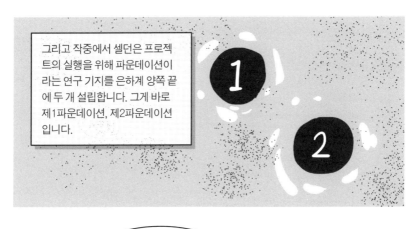

그리고 작중에서 셀던은 프로젝트의 실행을 위해 파운데이션이라는 연구 기지를 은하계 양쪽 끝에 두 개 설립합니다. 그게 바로 제1파운데이션, 제2파운데이션입니다.

자, 여기까지 알고 갑시다. 그래야 요약을 시작할 수 있습니다.

1권은 가알 도닉이라는 젊은 학자가 해리 셀던의 연구를 돕고자 트랜터로 오면서 시작됩니다.

트랜터는 광대한 은하제국의 수도 역할을 하는 행성입니다. 행성 전체에 몇백억 명이 살아가는 대도시죠.

특이한 점은 왕실 인근을 제외하고 행성 전체를 돔으로 덮어놔서 사람들이 평생 실내에서만 살아간다는 겁니다.

전혀 답답하지 않아. 인공 날씨가 있으니 안정적이고 좋지.

실외에서 살면 비바람도 심하고 무서울 거야.

해리 셸던이 아직 살아 있던 때만 하더라도 이랬습니다.

멸망을 예고하는 자! 까마귀 셸던!

1권 초반 시점에 셸던은 이미 노인입니다. 그는 심리역사학에 근거해 은하제국이 멸망한다고 예언해왔고, 남들로부터 불행을 예고한다며 박해를 받습니다.

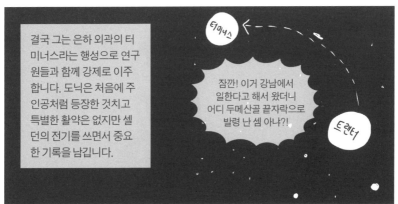

결국 그는 은하 외곽의 터미너스라는 행성으로 연구원들과 함께 강제로 이주합니다. 도닉은 처음에 주인공처럼 등장한 것치고 특별한 활약은 없지만 셀던의 전기를 쓰면서 중요한 기록을 남깁니다.

터미너스

잠깐! 이거 강남에서 일한다고 해서 왔더니 어디 두메산골 끝자락으로 발령 난 셈 아냐?!

트랜터

이 쫓겨난 변방의 행성 터미너스가 바로 제1파운데이션이 됩니다.

First Foundation

다 계획이 있었다.

제2파운데이션은 한참 후에나 나오고 또 많이 이질적이기 때문에 앞으로는 제1파운데이션을 그냥 파운데이션이라고 부르겠습니다.

은하계 양쪽 끝에 하나씩 있다며? 또 하나는 어딨음?

…

표면적으로 해리 셸던이 터미너스에서 진행한 사업은 백과사전 편찬이었습니다.

중간중간에 사전 형식을 빌려 설정을 풀어놓는 연출은 '파운데이션'에서 알차게 사용됩니다!

베르베르도 곧잘 썼던 방식이죠.

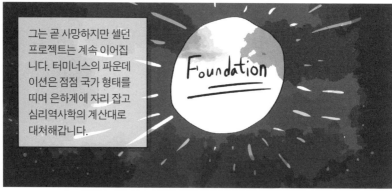

그는 곧 사망하지만 셸던 프로젝트는 계속 이어집니다. 터미너스의 파운데이션은 점점 국가 형태를 띠며 은하계에 자리 잡고 심리역사학의 계산대로 대처해갑니다.

Foundation

몇십 년, 몇백 년이 지나며 파운데이션은 몇 번의 중대한 위기를 맞이합니다. 그리고 그 위기는 대처법이 하나로 줄었을 때 발생하죠. 셸던의 큰 그림에 의해 파운데이션은,

때로는 종교로,

과학을 종교화하고 파운데이션을 성역화하는 작업은 번거로웠지만 아주 쓸모가 있었습니다. 과학 종교의 위험성은 사제들이 내린 저주가 실현된다는 점이죠.

텔레비저여, 전원이 꺼질지어다!

때로는 무역으로 위기를 극복합니다.

종교의 역할은 이제 끝났다! 새로운 시대에 파운데이션이 겪는 외교적 위기의 답은 무역이다!

이게 셀던 프로젝트 이야기가 가장 정석적으로 흘러가는 1권의 내용입니다. 위기에 부딪히고 이걸 철저한 빌드업으로 확 해결하는 데에서 손뼉을 치고 감탄하시면 됩니다.

이렇게 현명한 파운데이션 시장님들 너무 멋지십니다!

이렇게 뽕에 취하면 돼요. 최소한 2권 초·중반부까지는요.

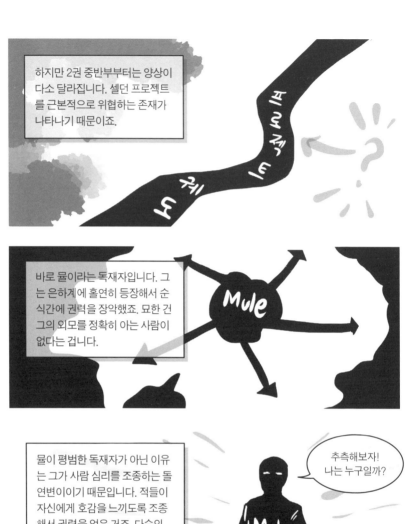

하지만 2권 중반부터는 양상이 다소 달라집니다. 셸던 프로젝트를 근본적으로 위협하는 존재가 나타나기 때문이죠.

바로 뮬이라는 독재자입니다. 그는 은하계에 홀연히 등장해서 순식간에 권력을 장악했죠. 묘한 건 그의 외모를 정확히 아는 사람이 없다는 겁니다.

뮬이 평범한 독재자가 아닌 이유는 그가 사람 심리를 조종하는 돌연변이이기 때문입니다. 적들이 자신에게 호감을 느끼도록 조종해서 권력을 얻은 거죠. 다수의 사람 심리를 조종하면 당연히 셸던 프로젝트도 흐트러질 수밖에 없습니다. 2권은 바로 이 뮬의 행적을 알아내고 그의 정체를 간파하는 것이 주된 이야기입니다.

추측해보자! 나는 누구일까?

이 과정에서 제2파운데이션의 위치를 밝혀내는 일이 중요한 과업이 되죠. 왜냐하면 이미 제1파운데이션이 뮬에게 완전히 정복될 위기인데, 그 상태에서 뮬에게 저항할 수단은 셸던이 또 하나 만들었다는 제2파운데이션뿐이기 때문입니다.

나의 미래를 위해,

제2파운데이션을 찾는다!

우리의 미래를 위해,

셸던 프로젝트를 정상적으로 시행하려면 제2파운데이션의 힘으로 뮬을 무력화해야 했습니다. 뮬은 뮬대로 얼른 제2파운데이션의 위치를 알아내서 자신이 당하기 전에 파괴해야 했습니다.

이 서사가 3권까지 이어집니다. 그러므로 3권까지의 서사 중 절반은 예정된 셸던 프로젝트 시행 이야기, 나머지 절반은 제2파운데이션 찾기가 됩니다.

승승장구 진행

제2파운데이션은 어디?

결국 극적으로
뮬의 정체가 밝혀지며
2권이 끝납니다.

슬슬 머리 아프시죠?
죄송합니다. 근데 최대한 쉽게
설명하려고 애쓰고 있어요.

자유 의지니 뭐니
여러 중요한 담론이 많고
할 말도 많지만 그건 특징 이야기할 때
같이 설명하겠습니다….

3권은 뮬의 입장에서 제2파운데
이션을 죽어라 찾는 이야기로 시
작합니다. '파운데이션' 시리즈가
대체로 그렇지만, 그중에서도
3권은 대뜸 그것부터 보면 안 되
는 권입니다. 2권 최고의 반전이
뮬의 정체인데 3권은 처음부터
그걸 알려주며 시작하니까요.
3권부터 보면 반전 하나를 포기
하고 읽는 셈이죠.

방송에서 '파운데이션' 시리즈
3권이 언급됐길래 사봤어요!
이 책이 일론 머스크한테
영향을 끼쳤다면서요?

옙, 잘하셨….
설마 진짜로 1, 2권
생략하고 대뜸 3권부터
보실 건 아니죠?

3권 중간쯤에 물의 서사가 끝나고, 시간대를 훅 건너뛰어 더 미래로 갑니다. 하지만 제2파운데이션의 위치를 찾는 서사는 계속되죠.

아니 은하계 양쪽 끝에 있다며? 근데 아무리 봐도 제2파운데이션은 말 그대로 다른 쪽 끝에 있는 건 아닌 것 같아!

대체 어디에 꼭꼭 숨겨 놓았을까?

이 이야기는 3권에서 깔끔하게 딱 끝납니다. 그리고 4권에선 새로운 국면으로 접어들죠.

3권

4권

배경은 훅 미래로 바뀌고, 5권 까지의 실질적인 주인공이라고 할 만한 인물이 등장합니다. 바로 골란 트레비스입니다.

두 권 내내 내가 인상 쓰는 모습을 질리도록 보게 되실 겁니다.

그는 파운데이션의 젊은 의원인데, 셀던 프로젝트에 의문을 품고 있습니다.

생긴 건 귀엽지만 너무 튀어 저놈.

지금까지 셀던의 주장이 너무 딱 들어맞았다.

어떻게 그럴 수 있었지…?

시장

…이건 분명 제2파운데이션이 배후에서 프로젝트를 보조하고 있기 때문이다!

그는 터미너스 시장의 지시를 받고 급하게 우주로 나갑니다.

아직도 제2파운데이션 타령이에요? 3권에서 다 끝난 얘기 아니었음?

어, 뭐… 음… 아무튼 나오긴 나와요!

그의 여행 동료로 뽑힌 역사학자 페롤랫과 함께요. 표면상의 이유는 제2파운데이션을 찾기 위함이었지만…

이렇게 같이 떠나게 되어 반갑네, 트레비스. 난 우주여행이 처음이라네.

그의 목표는 여행 중에 점점 확장되어갑니다.

아마 불가능하겠지만, 내 꿈은 인류의 기원이라 여겨지는 행성을 찾는 걸세.

'지구'라는 이름의….

온 은하에 퍼져 살고 있는 인류가 태초에 하나의 행성에서 기원했다고?

한 행성 안에서 지역별로 고립되어 서로 다른 언어를 쓰던 시절이 있었다고?

인간과 닮은 기계들이 인간을 보조하며 살아가던 때가 있었다고?

우주 시대 인간에게는 충격 그 자체인 이 '잃어버린 역사'가 4권, 5권의 진정한 주제입니다.

자, 5권까지의 요약은 이걸로 끝입니다! 이 이상은 정말 뭘 말해도 스포일러가 될 것 같습니다.

이 두 권에서 로봇 시리즈와의 직접적인 연관성이 처음으로 드러난다는 점, 그리고 시리즈 중에서도 가장 웅장하고 황홀한 절정이 펼쳐진다는 것만 이야기하겠습니다.

그럼 6권, 7권은 무엇을 다루느냐. 이제 다시 과거로 돌아갑니다!

시리즈의 마무리는 프리퀄입니다.

노인 모습으로만 등장했던 해리 셀던의 젊은 시절 이야기부터 시작합니다. 심리역사학의 토대만을 마련했던 30대 초반 젊은 수학자의 모습으로 말이죠.

한평생을 심리역사학 연구에만 쏟아부은 그의 생애를 따라갑니다. 그렇다고 너무 잔잔하거나 심심한 건 아니니 전혀 걱정하실 필요 없습니다. 지금까지의 서사를 정리함과 동시에 갖가지 갈등과 반전이 끊임없이 나옵니다.

사실상 또 다른 주인공이기도 한 에토 데머즐의 이야기도 함께 즐기시면 됩니다. 데머즐은 은하제국 말기에 황제를 모시는 총리입니다. 항상 인간미를 착실히 챙기는 아시모프답게 황제와 총리 같은 높으신 분들도 꽤 인간적으로 나옵니다.

이보게, 데머즐! 짐의 두뇌!

이들은 심리역사학에 흥미를 느껴서 셀던을 끝없이 압박하게 되죠. 그렇습니다. 결국 이건 처음부터 끝까지 심리역사학의 이야기니까요.

처음부터,

끝까지….

어떡하죠?
진짜 열심히 줄였는데도
이렇게 길어졌습니다.

자, 이제 이 길고
위대한 서사에서
특징을 뽑아내겠습니다.

특징 1.
광휘로운 논리로 완전 무장.

『아이 로봇』을 리뷰할 때 저는
아시모프의 서사가 겉으로는
말랑해 보일지라도 그 속은 강
철 같은 논리로 들어차 있다고
했습니다.

Logic

그 분석이 맞았습니다!

자 랑

다만 차이가 있다면,
『아이 로봇』은 아시모프가 정말
힘 빼고 편하게 쓴 거였고요.

'파운데이션'은 그야말로
50년간 기력을 다 짜내 쓴
대서사시 느낌이었습니다.

파운데이션 첫 발행
1942년

파운데이션을
향하여 (7권)
1993년

『아이 로봇』은 최소한 겉은 젤리처럼
말랑하게 덮여 있었으나…

까하

'파운데이션'은 거의 98퍼센트가 단단한
강철로 이루어진 느낌이었습니다.

이 점은 대사만 봐도 알 수 있습니다. 등장
인물들은 맨날 굉장히 정갈한 논설문 같은
말투로 토론하고요. 그 누구도 여기에 대
해 당황하지 않습니다. 다들 어쩌나 선진
시민인지 토론 중에 패싸움으로 번지지도
않고요. 혹여나 약간 삐져도 금방 화해한
다음 몇 시간 후 또 토론을 시작합니다.

좋아요, 그럼
이 부분은 어떻게
생각하죠?

이들은 그런 식으로
사고하지 않아요….

당신은 중요한 걸
간과하고 있어요.

이런 연출은 한 발짝 떨어져 여러 담론을 가치 있게 다루는 아시모프의 시선을 보여주죠.

살면서 접한 토론이라곤 98퍼센트가 말싸움으로 끝난, 대학교 토론 수업과 대선 토론과 온라인 키보드 배틀뿐인 저는 정말 경악을 금치 못했습니다.

이렇게 건설적이고 말끔한 토론이 가능한 거였어…? 다들 이성의 화신이야?

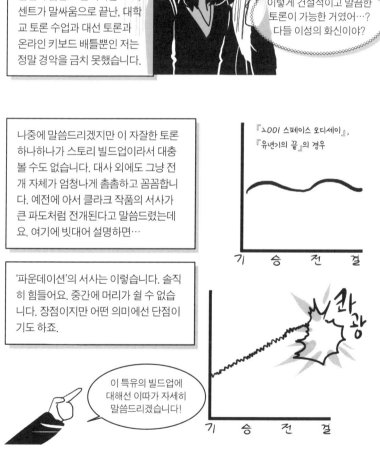

나중에 말씀드리겠지만 이 자잘한 토론 하나하나가 스토리 빌드업이라서 대충 볼 수도 없습니다. 대사 외에도 그냥 전개 자체가 엄청나게 촘촘하고 꼼꼼합니다. 예전에 아서 클라크 작품의 서사가 큰 파도처럼 전개된다고 말씀드렸는데요. 여기에 빗대어 설명하면…

『2001 스페이스 오디세이』, 『유년기의 끝』의 경우

기 승 전 결

'파운데이션'의 서사는 이렇습니다. 솔직히 힘들어요. 중간에 머리가 쉴 수 없습니다. 장점이지만 어떤 의미에선 단점이기도 하죠.

콰광

이 특유의 빌드업에 대해선 이따가 자세히 말씀드리겠습니다!

기 승 전 결

다행히 문장이 어렵진 않습니다. 아시모프가 글을 정말 쉽게 쓰니까요. 저 무지막지한 논리 회로를 할 수 있는 한 쉽게 풀어냈다는 느낌이 팍팍 듭니다.

그리고 이 시리즈는 일곱 권이네요?

뭐랄까, 읽다 보면…

안녕? 좀 기댈게.

철벽
논리

두뇌운동
가능

나 쉽게 설명해주는 거 알지?

나같이 친절한 SF 작가가 어딨어. ㅎㅎ 내가 엄청나게 노력했다. 알지?

알죠, 아는데!

이렇게 세 방향에서 압박을 받는 느낌입니다. 정말 친절한 수학 선생님이 나를 몇십 시간 강제로 붙잡고 개인 과외 해주는 기분이랑 비슷해요.

으악!

아직 완전히 이해를 못 한 것 같구나. 그러면 은하 개척 역사부터 다시 같이 공부해볼까?

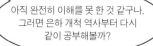

명작입니다! 모두 함께 즐겨요, '파운데이션'!

이게 팬이야, 안티야.

특징 2.
'거시적 공익'을 위한 수 세기의 여정.

'파운데이션' 시리즈는 에드워드 기번의 '로마제국 쇠망사'를 모티브로 만들어진 작품입니다. '로마제국 쇠망사'에서 위대한 제국 로마가 서서히 쇠하여 멸망하는 과정을 기록했듯, 아시모프는 장대한 은하제국이 스러져가는 과정을 기록합니다.

빛나던 도시는 점차 낡아서 기력을 잃고, 관리가 소홀해진 돔은 수시로 훼손되며 치안은 불안해집니다. 군부가 정권을 장악하여 황제는 그저 허수아비로만 남았습니다. 언젠가 이 모든 것은 한 줌 재로 돌아가고 칠흑 같은 암흑기가 도래할 것입니다.

하지만 결코 이것이 끝은 아닙니다.

물론 셸던 프로젝트가 인간의 역사적 자유 의지를 제어한다고 느낀 일원들도 있었지만…

우린 그에게 조종당하지 않아! 나는 셸던 프로젝트에 놀아나지 않는다!

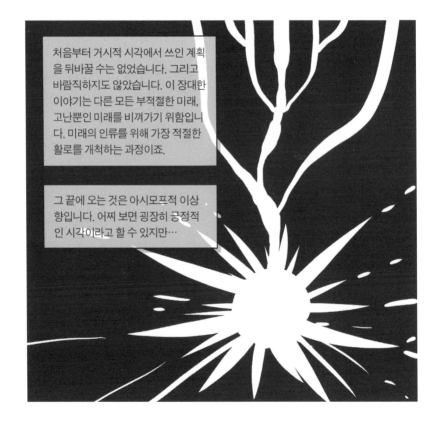

처음부터 거시적 시각에서 쓰인 계획을 뒤바꿀 수는 없었습니다. 그리고 바람직하지도 않았습니다. 이 장대한 이야기는 다른 모든 부적절한 미래, 고난뿐인 미래를 비껴가기 위함입니다. 미래의 인류를 위해 가장 적절한 활로를 개척하는 과정이죠.

그 끝에 오는 것은 아시모프적 이상향입니다. 어찌 보면 굉장히 긍정적인 시각이라고 할 수 있지만…

저는 이걸 고작 긍정적이라는 표현으로 끝내고 싶지 않습니다. 그러면 이 모든 서사가 한낱 낙관으로 비칠 수도 있기 때문입니다. 작중의 노력은 지극히 철저하고 처절하며 계산적입니다.

따라서 단순히 긍정적인 시각이 아니라, 전 인류적 공익을 위한 지극히 간절한 시각이라 함이 적절할 것 같습니다.

이상은 결코 쉽게 얻어지는 게 아니니까요.

마냥 긍정적이지 않다는 사실은 제국 멸망에 대한 시각을 통해서도 알 수 있습니다. 작중에서는 아무리 발버둥 쳐도 셀던이 예견한 제국의 쇠락을 거스를 수 없다는 식으로 언급됩니다.

셀던은 그런 멸망을 받아들이되 공익을 위해서 미래를 조금 수술한 거죠.

망국 그 후

결국 시리즈 전체가 철저하게 공익, 공동체를 지향하고 있습니다. 작가부터가 로봇 3원칙을 만든 사람이니 당연한 거겠지만요.

철저한 자유주의자 입장에선 거슬릴 내용이기도 해요. 인류 역사에 인위적인 통제를 가하는 서사니까요. 후반부 내용은 특히 더 그럴 겁니다.

특징 3.
톡톡 튀는 인간성.

이렇듯 거시적인 이야기지만 세대를 넘나드는 등장인물들이 한낱 유기체로만 묘사되지는 않습니다. 아시모프 특유의 인간미 넘치는 문체 때문입니다. 비록 한 챕터에만 등장하고 퇴장하는 인물일지라도 대단히 생생한 캐릭터성을 지니고 있습니다.

비단 주연뿐 아니라, 잠시 얼굴 비추는 조연, 심지어 행성 입구를 지키는 공무원 하나까지 정감이 넘쳐흐릅니다. 누구든지 독자 머릿속에 도장을 콩 찍으며 존재감을 과시하죠.

저는 그냥 초라한 말단 직원이에요, 손님. 별 권한이 없어요.

파운데이션 사람들은 문란하다더니 진짜인가 봐! 어떻게 남녀가 같이 우주여행을 하지?

등장인물을 대체로 일개 유기체로 묘사하며 넘어가는 아서 클라크와 대조되는 부분입니다.
저는 이 부분에서 누가 낫다고는 생각하지 않습니다. 굳이 따지자면 클라크의 냉철한 연출을 더 좋아해요.

차갑고 기술적이니 멋있잖아. ㅎ

하지만 '파운데이션'은 등장인물이 워낙에 많은 데다 다루는 시대도 길지 않습니까.

그 상황에서 많은 인물을 하나하나 뇌리에 박아 넣은 점이 참 대단하다고 생각했습니다.

특징 4.
인물들 틈에 숨어 있는 로봇.

로봇

파운데이션

이 정도 스포일러는 해도 될 것 같아서 말씀드립니다. 앞에서 이 시리즈 자체가 '로봇' 시리즈의 후속작이라고 말씀드렸죠.

그리고 『아이 로봇』 후반부에 이미 인간과 구분이 안 되는 로봇이 등장했었죠. 그래서 그런가, 읽다 보면 인물들이 종종 의심하거나 스스로 커밍아웃을 합니다.

얘도 사실 로봇 아냐?

『진격의 거인』 만화를 보시면 등장인물이 자꾸 자기가 사실 거인이라고 고백하는, 일명 '거밍아웃'을 하는데요, 비슷하게 '파운데이션'에서는 '로밍아웃'을 합니다.

나는 강철 로봇이고 얘는 초고대 로봇이야.

이런 연출이 굉장히 현대적이고 재밌으니 눈여겨보세요!

사실 읽다 보면 적당히 눈치채게 되긴 합니다만.

근데 솔직히 바로 위의 컷 그리고 싶어서 이러는 거죠?

특징 5.
통찰, 빌드업, 빌드업, 빵!

이제 앞에서 말씀드린 빌드업에 대한 이야기를 보충하겠습니다.

읽다 보면 이 작품이 논리력과 더불어 엄청난 통찰력에 기반을 둔다는 점이 느껴집니다. 작중 주인공들은 우주를 돌아다니면서 각 행성의 특이한 문화를 접하고 갈등을 빚습니다. 그 속에서 정치적 암투에 희생되기도 하죠.

우리는 전통적으로 남녀 다 전신 제모를 해요.

우리는 남녀 다 무채색 옷을 입고, 보수적인 사회예요.

타고난 능력으로 타인의 심리에 침투해 교감하기도 하고요. 인간과 똑같이 생긴 로봇을 보면서 의심하기도 합니다.

물끄러미

특이한 점은 이 모든 게 과학적 통찰이라기보다는 사회적 통찰이라는 겁니다. 이건 SF 소설인데 말이죠. '듄'이 우주를 배경으로 한 '왕좌의 게임'인 것처럼 '파운데이션'은 우주를 배경으로 한 '로마 제국 쇠망사'인 거죠.

이번 단행본에서 어쩔 수 없이 빠진 '듄'을 추억하며 한 컷!

영화는 참 재밌게 봤습니다.

이런 작품의 장점은 너무 기술적인 면에 치중하지 않아서 대중이 더 쉽게 받아들일 수 있다는 겁니다. 대중적인 사회적 담론을 다루므로 쉽게 공감대를 이룰 수 있죠.

정치   경제

공익

오! 적당한 문과 감성!

이 담론은 굉장히 동적으로 이루어집니다. 셸던 프로젝트의 주요 역할 중 하나가 '미래 위기 상황에서의 해결책'이므로 전개의 9할이 위험 속에서 진행됩니다. 주인공 일행은 정신없이 휘말리고, 도망치고, 싸우고, 생각합니다. 읽다 보면 잠깐이라도 집에서 목욕하고 푹 쉬라고 하고 싶을 지경이죠.

거처는 원래 2주마다 바꾸는 거 아니었어요?

네? 우주선이 집 아니었어요?

이런 식으로 각 권이 미친 듯이 진행되다 보니…

아직도 이야기가 절정인데 페이지가 얼마 안 남았음을 알 수 있습니다. 아니, '파운데이션'은 한 권마다 대강의 마무리가 지어지는데 어떻게 이 적은 분량 안에서 마무리가 가능하다는 걸까요?

예, 가능합니다.
지금까지 마구 달려온 그 과정이 전부 결말의 하이라이트를 위한 빌드업이었기 때문입니다.

각 권의 마무리는 빛나는 반전과 가슴 뛰는 하이라이트로 이루어집니다. 그동안 머리 싸매며 달려온 것을 보상이라도 해주듯, 굉장한 카타르시스를 선사합니다.

수많은 독자분들이 '파운데이션' 시리즈의 양에 질리셨겠지만, 매 권을 끝낼 때마다 소름 돋는 마무리를 접하고 다시금 다음 권을 펼칠 힘을 얻지 않으셨을까 짐작해 봅니다.

알았어…
계속 볼게….

여기서부터는 그냥 개인적인 소감입니다. 아시모프에 대한 리뷰를 찾아보면서 다른 작가에 비해 유독,

스타일이
낡았다!

지금 보기엔
너무 레트로다!

또 아시모프냐?

라는 말들을 많이 봤습니다.

대중적으로 많이 인용되는 작가라
그만큼 더 비판을 받는 거겠죠.
인간과 매우 유사한 로봇이 나와서
교감하는 전개, 특유의 평이한 문체와
긍정적인 전개가 마음에
안 들 수도 있고요.

혹은 작품 내의 심리가
비틀려 있지 않고 상당히
올곧다는 점에 불만을
느낄 수도 있습니다.

뭐… 요점은,
오늘날 아시모프는
SF 마니아들에게조차
낡았다는 평가를
받는다는 겁니다.

근데…

혹시 여러분은 〈월-E〉 영화를
볼 때, 낡은 로봇이 무가치하게
느껴지시던가요?

『아이 로봇』과 '파운데이션'을 읽
어본 지금 시점에서 말씀드리자
면요. 아시모프의 작품들은 낡았
기에, 레트로이기에, 다시 말해 올
곧고 전형적이기에 가치가 있다
고 봅니다.

저는 수많은 고전 작가를 사랑합
니다. 『고전 리뷰툰』에 실은 작품
의 작가들은 모두 제가 가슴으로
사랑하는 분들입니다.

하지만 아시모프만큼은…
가슴이 아니라 머리로 사랑합니다.
작품으로 보여준 그의 이성과
통찰을 존경하기 때문입니다.

그러므로 이 긴 리뷰의 마지막을 빌려
변호하려 합니다.
온갖 혼란이 밀어닥쳐 무엇이 올바른
가치인지조차 모르게 된 이 시대에,
우리에게는 아시모프의 낡음이 필요
합니다.

거미줄처럼 흩어진 역사의 앞날에 가
장 알맞은 방향을 찾고자 한 그의 고
전적 지성이 필요합니다.

저자 후기

이 글을 쓰는 지금은 이미 최종 원고를 보낸 지 4개월 남짓이 지났다. 행복한 고생으로 가득한 2021년의 하반기였다. 마지막 원고를 보내고서 더 이상할 일이 없다는 것에 얼마나 허탈했던가? 나는 탄식을 삼키며 연말, 연초를 지극히 사적인 독서와 오락으로 흘려버렸다. 슬프게도 요 몇 달 바쁘게 지내며 한창 작업을 할 당시의 현장감은 희미해지고 말았다. 하지만 원고를 확인할 때면 그때 어떤 기분으로, 어떤 정성으로 리뷰를 해냈는지 알 수 있다.

『고전 리뷰툰 2』를 제안받았을 때 나는 흥분하여 출판사에 몇몇 콘셉트를 제안했었다. 그중에는 추리물 편도 있었고 현대 편도 있었지만 사실 나 자신도 내심 출판사의 대답을 예상하고 있었다. 요 근래 가장 주목을 받는 장르는 단연 SF였기 때문이다. 트렌드는 따라야 하기 마련이다. 다만, 이 책에 걸맞게 고전적으로 말이다. 나는 특정 장르의 팬이라고 말하긴 어렵다. 굳이 따지자면 추리물과 호러물 팬이라 할 수 있다. 그러나 이번 단행본을 준비하며 SF 쪽에 그럭저럭 조예를 갖추게 되었다. 최소한 지금 이 세상을 떠나 영원한 환상의 세계로 가버린 소설가들에 대해서는 말이다. 다만, 몇몇 작가들과 그 팬들에게는 사죄드리고 싶다. 특히 하인라인, 브래드버리는 마땅히 넣어야 할 작가였지만 지면이 부족했다는 점을 밝히고 싶다.

단행본에 넣을 수 있는 편수는 열 편 남짓. 그 속에 어떤 작가의 어떤 작품을 골라 넣어야겠는가? 어느 장르든지 명작은 많고도 많다. 그중에서 소수만 골라 리뷰해야 하다니, 정말이지 고민을 거듭할 수밖에 없었다. 결국 나는 작가별 리뷰와 연대순 리뷰를 교묘하게 조합하는 꾀를 냈다.

　우선 19세기 초반에 등장해 최초의 SF 소설로 인정받는 『프랑켄슈타인』을 첫 리뷰로 넣었다. 그다음에는? 19세기 중후반을 환상적인 히트작들로 장식하여 대중의 사랑을 듬뿍 받은 쥘 베른의 작품을 넣기로 했다. 그리고 맙소사, 오늘날엔 흔해 빠진 클리셰가 된 '타임머신'과 '투명인간'이라는 소재를 19세기 끝물에 처음 활용한 허버트 조지 웰스를 빼면 천벌을 받을 것이다. 그다음은 20세기였다. 오늘날 3대 SF 거장으로 불리는 아서 클라크, 아이작 아시모프, 로버트 하인라인의 작품들을 고려했다.

　그런데 이들의 작품을 하나씩만 리뷰한단 말인가? 감사하게도 메리 셸리는 대표작이 『프랑켄슈타인』 하나뿐이지만 나머지 작가들은? 당장 그다음 작가인 쥘 베른만 해도 대표작으로 가득한 선집이 나올 정도다. 허버트 조지 웰스 역시 세 개 이상의 장편이 대표작 취급을 받지 않는가. 아시모프, 클라크는 또 얼마나 많은 작품을 써냈는가. 나는 이 단계에서 머리를 한참 싸맨 뒤 결정했다. 작가당 작품 두 개씩을 골라 열과 성을 다해 작품 세계 전반을 분석하고, 미처 넣지 못한 작가들은 적어도 이번 책에서는 과감하게 빼기로 말이다. 지금도 이것이 가장 나은 결정이었다고 생각한다. 작품을 넣지 못해 아쉬운 작가들도 많지만, 넣기로 결정한 작가들은 최대한 깊이 그들의 작품을 들여다보고 작품관을 알아볼 수 있었다. 여담으로 개인적으로 애정하는 아서 코넌 도일의 '챌린저 교수' 시리즈 리뷰도 수록했다. 순전히 사심으로 넣은 편이기는 하지만, 챌린저 교수의 이야기 역시 충분히 명작이다. 그러므로 부디 셜록 홈스의 명성에 가려진 이 훌륭한 시리즈 역시 즐겨주시기를 바란다.

작업하면서 느낀 놀라운 점이 있다. 각 작품을 리뷰할 때마다 나 역시 해당 작가들의 스타일에 완전히 빠져들어 그들의 분위기를 답습했다는 것이다. 요컨대 나는 각 작가의 작품을 리뷰할 때마다 잠시 다른 인격이 되었다. 웰스 편에서는 쌀쌀한 냉철함이 몰아닥쳤고, 쥘 베른 편에서는 명랑하고 뜨거운 열정과 유머가 흘러넘쳤다. 또한 클라크 편에서는 광막한 우주 안 먼지로서 외부를 바라보는 인류의 심정이었고, 아시모프 편에서는 절실하고 따뜻한 이성의 화신이었다. 오그라드는 표현일 수 있지만, 그만큼 리뷰한 작가 한 명 한 명을 사랑한다는 의미로 받아들여주길 바란다. 이 책을 준비하면서 가장 큰 수혜자는 첫 단행본과 마찬가지로 나 자신이었다.

SF의 묘미는 과학과 환상을 한데 아우르는 것이다. 등장인물과 독자는 한낱 공상에 과학 기술로 핍진성을 가미한 이야기를 접한다. 그들은 궁극적으로 현실 속 광막한 모험을 마주한다. SF 속 내용은 경우에 따라 현실에서도 일어날 수 있지만, 이미 반례가 증명되어 공상으로 끝난 것들도 많다. 그러나 기억하자. 쥘 베른 편에서 언급했듯 현실성이 없다 해서 진실성까지 결핍된 것은 아니다. 우리가 과학 교과서가 아니라 구태여 문학을 집어 든 이유가 거기에 있다. 허구를 즐기자. 그 속에 담긴 인간의 의지와 삶의 진실을 즐기자. 더불어 과학이 선사하는 위험한 매력에 빠져들자.

후기를 마치며 오늘 이 시간까지 리뷰 만화를 즐겨주신 수많은 독자분들, 그리고 두 번째 단행본이 나오도록 애써주신 편집자님과 출판사 여러분께 감사의 말을 전한다.

고전 리뷰툰 2: SF편

2022년 8월 10일 1판 1쇄 인쇄
2022년 8월 26일 1판 1쇄 발행

지은이	키두니스트
펴낸이	한기호
책임편집	유태선
편집	도은숙, 정안나, 염경원, 김미향, 김현구
마케팅	윤수연
디자인	북디자인 경놈
경영지원	국순근
펴낸곳	북바이북
	출판등록 2009년 5월 12일 제313-2009-100호
	주소 04029 서울시 마포구 동교로 12안길 14(서교동) 삼성빌딩 A동 2층
	전화 02-336-5675 팩스 02-337-5347
	이메일 kpm@kpm21.co.kr
	홈페이지 www.kpm21.co.kr

ISBN 979-11-90812-46-7 03800